TRANZLATY

El idioma es para todos

言語はすべての人のためのもの

La Transformación
(*La Metamorfosis*)
変身

Franz Kafka
フランツ・カフカ

Español
日本語

www.tranzlaty.com

Primera parte
パート1

Gregorio Samsa se despertó una mañana de un sueño intranquilo.

グレゴール・ザムザはある朝、不安な夢から目覚めた。

Se encontró en su cama, pero incapaz de moverse.

彼はベッドにいたが、動くことができなかった。

Se había transformado en una alimaña monstruosa.

彼は怪物のような害虫に変身していた。

Estaba acostado boca arriba, sobre su espalda, que estaba dura como una armadura.

彼は鎧のように硬い背中を下にして横たわっていた。

Levantando un poco la cabeza podía ver su barriga.

頭を少し上げるとお腹が見えました。

Pero su vientre estaba abovedado y dividido en segmentos.

しかし、彼の腹はドーム状になっており、いくつかの部分に分かれていました。

La manta descansaba encima de su vientre redondeado.

毛布は彼の丸いお腹の上に置かれていました。

Pero la manta estaba a punto de caerse por completo.

しかし、毛布は完全に滑り落ちそうになっていました。

Sus piernas eran lamentables comparadas con su tamaño habitual.

彼の足は、普段のサイズと比べると哀れなほどだった。

Y sus muchas piernas se movían impotentes ante sus ojos.

そして彼のたくさんの足が、彼の目の前で無力に揺らめいた。

"¿Qué me ha pasado?" pensó para sí.

「僕に何が起こったんだ？」と彼は心の中で思った。

Pero no era un sueño del que no pudiera despertar.

しかし、それは彼が覚めることのできない夢ではなかった。

En realidad era su propia habitación la que él se encontraba.

彼がそこにいたのは本当に彼自身の部屋だった。

Un auténtico espacio para humanos, aunque un poco pequeño.

人間が住める部屋ですが、ちょっと狭すぎます。

Él yacía tranquilamente entre las cuatro paredes conocidas.

彼はよく知られている四方の壁の間に静かに横たわっていた。

Sobre la mesa había una colección de muestras textiles.

テーブルの上には織物のサンプルが集められていました。

Samsa era un vendedor ambulante, de ahí las muestras.

サムサは巡回セールスマンだったので、サンプルを持っていました。

Encima de las muestras textiles desmontadas había una imagen.

分解された繊維サンプルの上には写真がありました。

Recientemente había recortado la imagen de una revista.

彼は最近雑誌からその写真を切り取った。

Había colocado el cuadro en un bonito marco dorado.

彼はその絵をきれいな金色の額縁に入れて飾った。

El cuadro enmarcado mostraba a una dama sentada erguida.

額に入った絵にはまっすぐに座っている女性が描かれていた。

Llevaba un gorro de piel y tenía un manguito de piel.

彼女は毛皮の帽子をかぶっていて、毛皮のマフをつけていました。

Ella estaba levantando su mano hacia el espectador de la imagen.

彼女は写真を見る人のほうに手を挙げていた。

Todo su antebrazo desapareció dentro de su pesado manguito de piel.

彼女の前腕全体が重い毛皮のマフの中に隠れていました。

Gregor miró por la ventana el clima gris.

グレゴールは窓からどんよりとした天気を眺めた。

Se podía oír fuertes gotas de lluvia golpeando la ventana.

激しい雨粒が窓に当たる音が聞こえた。

El clima gris lo hacía sentir muy melancólico.

どんよりとした天気のせいで彼はとても憂鬱な気分になった。

"¿Qué tal si duermo un poco más?" pensó.

「もう少し寝てみてはどうだろうか」と彼は思った。

"Dormir más podría ayudarme a olvidar estas tonterías".

「もっと寝ればこのナンセンスを忘れられるかもしれない。」

Pero dormir más era completamente inviable.

しかし、これ以上寝続けることはまったく不可能でした。

Porque estaba acostumbrado a dormir sobre su lado derecho.

なぜなら彼は右側を下にして寝ることに慣れていたからです。

Pero su estado actual le impedía realizar sus movimientos habituales.

しかし、彼の現在の状態は、通常の動作を妨げていました。

No tenía forma de llegar a esa posición.

彼にはこの立場に立つ方法がなかった。

Intentó con todas sus fuerzas lanzarse hacia su lado derecho.

彼は全力を尽くして自分の右側に倒れ込もうとした。

Probablemente intentó este movimiento cientos de veces.

彼はおそらくこの動きを100回ほど試みただろう。

Pero él siempre volvía a la posición supina.

しかし、彼はいつも仰向けの姿勢に戻って揺すられていました。

Cerró los ojos para no ver sus piernas inquietas.

彼は落ち着かない足を見ないように目を閉じた。

Al final el dolor le impidió intentarlo de nuevo.

結局、痛みのせいで彼は再び挑戦することができなくなった。

Un dolor sordo en el costado que nunca había sentido antes.

これまで感じたことのない鈍い痛みが脇腹に走った。

«Oh Dios», pensó desesperado Gregorio Samsa.

「ああ、神様」とグレゴール・ザムザは心の中で必死に思った。

¡Qué profesión tan agotadora he elegido para mí!

「私は何と大変な職業を選んだのだろう！」

"Día tras día tengo que viajar por trabajo".

「仕事で毎日あちこち飛び回らなければなりません。」

"El trabajo de oficina es mucho más fácil que trabajar fuera de casa".

「オフィスで働くことは外出先で働くよりもはるかに簡
単です。」
"Y tengo la maldición de tener que viajar."
「そして、私はあちこち旅をしなくてはならないという
呪いにかかっているんです。」
"Todas las preocupaciones por llegar a tiempo a los trenes."
「電車に間に合うかどうかの心配ばかり。」
"Mis horarios de comida son irregulares y la comida es
mala".
「食事の時間が不規則だし、食べ物もまずい。」
"Mis amigos siempre están cambiando de ciudad en ciudad."
「私の友達は町から町へといつも変わっています。」
"Las interacciones que tengo son frías y profesionales".
「私とのやりとりは冷たくプロフェッショナルなもので
した。」
"¡Dejad que el Diablo se divierta con este tipo de trabajos!"
「悪魔はこのような仕事で楽しもう！」
Sintió un ligero picor en la parte superior del estómago.
彼はお腹の上部に軽いかゆみを感じた。
Se apoyó contra el poste de la cama, con la espalda.
彼は背中をベッドの柱に押し付けた。
Quería poder levantar mejor la cabeza.
彼は頭をもっとうまく上げられるようになりたいと考え
ていました。
Encontró el punto que le picaba y le molestaba.
彼は自分を悩ませていたかゆい部分を見つけた。
Su cabeza parecía estar cubierta de pequeños puntos
blancos.
彼の頭は小さな白い点で覆われているようだった。

No podía decir qué eran esos pequeños puntos blancos.
これらの小さな白い点が何であるかは彼には分からなかった。
Había planeado tocar el lugar con una de sus piernas.
彼は片足でその場所に触れるつもりだった。
Pero cuando tocó el lugar sintió un extraño escalofrío.
しかし、その場所に触れると、奇妙な寒気を感じた。
Entonces inmediatamente retiró la pierna del lugar.
そこで彼はすぐにその場所から足を引っ込めました。
No tuvo más remedio que aceptar la sensación de picazón.
かゆみを感じるのを我慢するしかなかった。
Y volvió a su posición anterior en la cama.
そして彼はベッドの元の位置に戻りました。
"Despertarse tan temprano realmente te vuelve bastante estúpido".
「こんなに早く起きると本当にバカになるよ。」
"Un hombre debe dormir lo suficiente", pensó.
「人間は十分な睡眠を取らなくてはならない」と彼は心の中で思った。
"Los demás vendedores ambulantes viven una vida de lujo."
「他の旅行セールスマンは贅沢な暮らしを送っています。」
"Por la mañana transfiero los pedidos que he recibido."
「午前中に、受けた注文を転送します。」
"Mientras tanto esos señores todavía están desayunando."
「その間、あの紳士たちはまだ朝食を食べています。」
"Imagínese si intentara hacer eso con mi jefe".
「もし私が上司に同じことをしたらどうなるか想像してみてください。」

"Me despediría antes de terminar mi desayuno."

「朝食を終える前に彼は私を解雇するだろう。」

"Pero quizá eso tampoco sería lo peor."

「でも、もしかしたらそれも最悪のことではないかもしれない。」

"El problema es que mis padres me están frenando".

「問題は両親が私を妨害していることです。」

"Si no fuera por ellos ya habría dimitido."

「彼らがいなかったら私はすでに辞任していただろう」

"Me habría enfrentado al jefe y se lo habría dicho".

「私は上司に立ち向かい、彼に言ったでしょう。」

"Diría exactamente lo que pienso de él y del trabajo".

「私は彼と仕事について私がどう思っているかを正直に伝えたい。」

"¡Se caería del escritorio si le contara todo!"

「すべてを話したら彼は机から落ちてしまうでしょう！」

"Es muy extraña la forma en que se sienta en su escritorio".

「彼が机に座る様子はとても奇妙だ。」

"La forma en que habla con sus subordinados no es correcta".

「彼の部下に対する話し方は正しくありません。」

"Y lo peor es que su audición es muy pobre".

「そして最悪なのは、彼の聴力が非常に悪いということです。」

"Así que no te queda otra opción que sentarte muy cerca de él."

「だから、彼のすぐ近くに座るしかないんです。」

Pero dicho todo esto, la esperanza no está completamente perdida todavía.

「しかし、そうは言っても、まだ希望は完全に失われたわけではない。」

"Ahorraré el dinero para pagar la deuda de mis padres".

「両親の借金を返済するためにお金を貯めます。」

"No puedo hacer nada mientras todavía le deban dinero".

「彼らがまだ借金をしている間は何もできない。」

"Pero cuando la deuda esté pagada definitivamente lo haré."

「でも借金が返済できたら必ずやります」

"Probablemente tomará otros cinco o seis años."

「おそらくあと5〜6年かかるでしょう。」

"Sí, entonces definitivamente se hará la gran separación".

「はい、そうなれば必ず大きな別れが訪れるでしょう。」

"Por el momento, sin embargo, debo levantarme de la cama."

「しかし、当分の間はベッドから出なければなりません。」

"Porque mi tren sale a las cinco en punto."

「私の乗る電車は5時に出発するから。」

Gregor miró el despertador que sonaba sobre la mesa.

グレゴールはテーブルの上でカチカチと音を立てる目覚まし時計を見つめた。

"¡Padre Celestial!" pensó al ver la hora.

「天のお父様！」彼は時間を見てそう思いました。

Las seis y media ya habían pasado silenciosamente.

六時半はすでに静かに過ぎ去っていた。

Y las manecillas del reloj seguían avanzando.

そして時計の針は進み続けました。

Y ahora se acercaba la cuarta hora menos cuarto.

そして時刻は7時15分に近づいていた。

"¿Quizás la alarma no sonó para despertarme?", pensó.

「もしかしたら目覚まし時計が鳴っていなかったのかも？」と彼は思った。

Desde la cama Gregor inspeccionó el despertador.

グレゴールはベッドから目覚まし時計を調べた。

El despertador estaba programado exactamente para las cuatro.

目覚まし時計は正確に4時に設定されていました。

No podía explicarlo, pero la alarma debió haber sonado.

彼は説明できなかったが、警報が鳴ったに違いない。

"¿Cómo pude dormirme a pesar de la alarma sin darme cuenta?"

「どうして気づかずにアラームを聞きながら寝てしまったんだろう？」

Cuando suena la alarma incluso sacude los muebles.

アラームが鳴ると家具も揺れます。

Sabía que su sueño no había sido para nada tranquilo.

彼は自分の眠りが決して安らかではなかったことを知っていた。

Pero quizá por eso su sueño era mucho más profundo.

しかし、おそらくそれが彼の眠りがより深くなった理由でしょう。

Tenía que pensar qué debía hacer ahora.

彼は今何をすべきか考えなければならなかった。

El siguiente tren no salía hasta las siete.

次の電車は7時まで出発しませんでした。

Coger ese tren sería casi imposible.

その電車に乗るのはほぼ不可能だろう。

Y aún no había empacado los textiles que necesitaba.

そして彼はまだ必要な織物を梱包していませんでした。

Tampoco se sentía especialmente fresco y ágil.

彼は特に新鮮で機敏な感じもしなかった。

Quizás había una posibilidad de subir al tren.

もしかしたら電車に乗れるチャンスもあったかもしれない。

Pero de todas formas, un regaño por parte del jefe era inevitable.

しかし、どちらにしても上司からの叱責は避けられませんでした。

El empleado habría subido al tren de las cinco.

店員は5時の電車に乗っていたでしょう。

El oficinista era una criatura sin carácter del jefe.

その事務員は上司の意気地なしの生き物だった。

Así que la ausencia de Gregor ya habría sido informada.

つまり、グレゴールの不在はすでに報告されていたはずだ。

"¿Qué pasa si llamo para avisar que estoy enfermo?" Gregor estaba pensando.

「もし病気だと電話したらどうなるだろう？」グレゴールは考えていた。

Pero eso sería extremadamente embarazoso y sospechoso.

しかし、それは非常に恥ずかしく、疑わしいことでしょう。

Gregor nunca había estado enfermo durante el tiempo que trabajó allí.

グレゴールはそこで働いていた間、一度も病気になった
ことがなかった。

Y ya les había dado cinco años de servicio.

そして彼はすでに彼らに5年間の奉仕を与えていました
。

Lo más probable era que el jefe viniera a ver cómo estaba.

おそらく上司が彼をチェックしに来るだろう。

Probablemente traería al médico del seguro médico.

おそらく彼は健康保険の医師を連れてくるでしょう。

Y culparía a los padres por la pereza de su hijo.

そして彼は、怠惰な息子のせいで両親を責めるだろう。

No podrían hacerle ninguna objeción.

彼らは彼に対していかなる異議も唱えることができなか
っただろう。

Porque para él sólo había dos clases de trabajadores.

なぜなら彼にとって労働者は二種類しかいなかったから
です。

**O bien los trabajadores estaban completamente sanos o bien
eran reacios al trabajo.**

労働者は完全に健康であるか、仕事嫌いであるかのどち
らかであった。

¿Y estaría equivocado en ese análisis básico?

そして、その基本的な分析において、彼は間違っている
だろうか？

Ciertamente, en este caso tenía un argumento sólido.

確かに、この件では、彼の主張は説得力がありました。

**A pesar de su apariencia, Gregor en realidad se sentía
bastante bien.**

グレゴールは、その外見とは裏腹に、実はかなり元気だった。

El sueño innecesariamente largo lo dejó un poco somnoliento.

不必要に長く眠ったせいで、彼は少し眠くなった。

Pero aparte de eso no podía quejarse de enfermedad.

しかし、それ以外に彼は病気について訴えることはできなかった。

Incluso sintió un hambre especialmente fuerte y saludable.

彼は特に強く健康的な空腹感さえ感じました。

Mientras pensaba estos pensamientos el reloj volvió a sonar.

彼がこんなことを考えている間に、時計がまた鳴った。

Según la alarma eran ya las siete menos cuarto.

警報によると、今は7時15分だった。

Y ahora también se oyó un suave golpe en la puerta.

そして今度は、ドアを優しくノックする音が聞こえた。

—Gregor —lo llamó alguien. Era la madre.

「グレゴール」誰かが彼に呼びかけた。それは母親だった。

"Son las siete menos cuarto", confirmó la alarma.

「7時15分です」と彼女はアラームを確認した。

¿No querías irte?, preguntó la suave voz.

「帰りたくなかったの？」優しい声が尋ねた。

Gregor se asustó cuando oyó su voz respondiendo.

グレゴールは彼の返事の声が聞こえて怖くなった。

La voz seguía siendo la voz que siempre tuvo.

その声は、彼がいつも持っていた声のままだった。

Pero ahora había un nuevo sonido mezclado en su voz.

しかし、今や彼の声には新たな音が混じっていた。

Desde lo más profundo de él también salió un doloroso chillido.

彼の体の奥底からは、痛ましい悲鳴も聞こえてきた。

Al principio su voz parecía formar palabras con claridad.

最初、彼の声は明瞭に言葉を表現しているように思えた。

Pero entonces Gregor escuchó el eco mental de su voz.

しかしそのとき、グレゴールは自分の声が心の中で反響するのを聞いた。

La grabación de su voz se interrumpió de una manera extraña.

彼の声の録音は奇妙な形で途切れた。

Y no estaba seguro de si había escuchado las cosas correctamente.

そして彼は自分が正しく聞いたのかどうか確信が持てなかった。

Gregor sintió un profundo deseo de dar una respuesta detallada.

グレゴールは詳細な答えを出したいという強い欲求を感じた。

Quería explicarle todo claramente a su madre.

彼は母親にすべてをわかりやすく説明したかった。

Pero, dadas las circunstancias, tuvo que limitarse.

しかし、状況を考えると、彼は自分自身を制限しなければなりませんでした。

Y respondió mucho más breve de lo que le hubiera gustado.

そして彼は、自分が望んでいたよりもずっと短い答えを返しました。

-Sí madre, no te preocupes, gracias, ya estoy levantado.

「はい、お母さん、心配しないで、ありがとう、もう起きてるよ。」

La puerta de madera probablemente ayudó a amortiguar su voz.

おそらく木製のドアが彼の声をかき消すのに役立ったのだろう。

Desde fuera el cambio en la voz de Gregor pasó desapercibido.

外ではグレゴールの声の変化は気づかれなかった。

La madre pareció estar satisfecha con su explicación.

母親は彼の説明に満足したようだった。

Y ella se fue de nuevo tan silenciosamente como había llegado.

そして彼女は来た時と同じように静かにまた去っていった。

Pero la pequeña conversación tuvo un efecto no deseado.

しかし、そのちょっとした会話は望ましくない影響を及ぼした。

Llamó la atención de los demás miembros de la familia.

彼は他の家族の注目を集めた。

Gregor todavía estaba en casa y no había ido a trabajar.

グレゴールはまだ家にいて、仕事に行っていませんでした。

Y ahora el padre también llamó a la puerta lateral.

そして今度は父親も通用口をノックしました。

Golpeó débilmente, pero decidido, con el puño.

彼は弱々しくも決意を込めて拳でノックした。

—Gregor, Gregor —gritó—, ¿cuál es el problema?

「グレゴール、グレゴール」と彼は呼びかけた。「何が問題なんだ？」

Al cabo de un rato volvió a advertir con voz más grave.

しばらくして、彼はまた低い声で警告した。

Pero ahora la hermana llamó a la puerta del otro lado.

しかし今度は反対側のドアで姉がノックした。

"¿Gregor? ¿No te encuentras bien?", preguntó en voz baja.

「グレゴール？具合が悪いの？」彼女は静かに尋ねた。

"¿Necesitas algo?" preguntó preocupada.

「何か必要なものはありますか？」と彼女は心配そうに尋ねた。

Gregor respondió a ambas partes: "Ya he terminado".

グレゴールはどちらに対してもこう答えた。「もう終わりました。」

Había hecho todo lo posible para pronunciar todas las palabras con cuidado.

彼はすべての単語を注意深く発音するよう最善を尽くした。

Y eliminó todo lo que era llamativo en su voz.

そして彼は声から目立つものをすべて取り除いた。

El padre también parecía satisfecho con la respuesta.

父親もその答えに満足したようだった。

Y regresó a su desayuno inacabado.

そして彼は、食べ残した朝食に戻りました。

Pero la hermana susurró: "Gregor, ábreme, te lo ruego".

しかし、姉は「グレゴール、お願いだから開けて」とささやきました。

Pero su preocupación por él no podía conmoverlo de ninguna manera.

しかし、彼女の彼に対する心配は、彼を少しも動かすこ
とはできなかった。

Gregor no tenía intención de abrirle la puerta.

グレゴールは彼女のためにドアを開けるつもりはなかっ
た。

Había adquirido algunos hábitos de cautela al viajar.

彼は旅行を通じて慎重な習慣を身につけた。

Y se alababa a sí mismo por haber cerrado las puertas.

そして彼はドアに鍵をかけたことを自ら褒めた。

Primero quiso levantarse tranquilamente y a su propio ritmo.

まず彼は静かに自分の時間に起きたかった。

Y sin que nadie le molestara quiso vestirse.

そして、邪魔されることなく、彼は服を着たかったので
す。

Una vez logrado esto, quiso entonces desayunar.

それが達成されると、彼は朝食をとりたくなった。

Sólo entonces quiso reflexionar más sobre la situación.

そのときになって初めて、彼は状況をさらに検討したい
と思った。

Sabía que no tenía sentido hacer planes en la cama.

彼はベッドで計画を立てても無駄だと知っていた。

Sería imposible llegar a una conclusión sensata.

賢明な結論に達することは不可能だろう。

Había habido otras ocasiones en las que se despertó con dolores leves.

軽い痛みで目が覚めることも何度かあった。

Estos dolores siempre resultaban ser pura imaginación.

これらの苦痛は常に単なる想像であることが判明しました。

Al levantarme de la cama el dolor invariablemente desaparecía.

ベッドから起き上がると痛みは必ず消えました。

Tenía curiosidad por ver qué pasaría con esas ideas.

彼はこれらのアイデアがどうなるのか興味を持っていた。

El cambio en su voz probablemente se debió sólo a un resfriado.

彼の声の変化はおそらく単なる風邪のせいだろう。

Los resfriados son simplemente un riesgo laboral para los viajeros.

旅行者にとって、風邪は単なる職業病です。

No tenía ninguna duda de que ésa era la explicación lógica.

それが論理的な説明であることに彼は何の疑いも持たなかった。

Logró quitarse la manta de encima con facilidad.

毛布を脱ぐのは簡単にできました。

Lo único que tenía que hacer era inhalar e inflarse.

彼がしなければならなかったのは、息を吸って自分自身を膨らませることだけでした。

La manta se deslizó de su cuerpo y cayó al suelo.

毛布が彼の体から滑り落ちて床に落ちた。

Su cuerpo increíblemente ancho dificultaba otras cosas.

彼の信じられないほど広い体は他のことを困難にしました。

Habría necesitado brazos y manos para ponerse de pie.

立ち上がるには腕と手が必要だったでしょう。

Pero ya no tenía las extremidades que solía tener.

しかし、彼は以前のような手足はもうありませんでした。

En lugar de brazos y manos tenía muchas piernas pequeñas.

腕と手の代わりに、たくさんの小さな足がありました。

Y sus piernas se movían constantemente, sin su control.

そして彼の足は、自分では制御できないまま、絶えず動いていた。

Intentó doblar una pierna, pero en lugar de eso se estiró.

彼は片方の足を曲げようとしたが、代わりに足は伸びてしまった。

Finalmente logró controlar una pierna.

彼はついに片足をコントロールすることができた。

Pero luego se liberó el movimiento de las otras piernas.

しかしその後、他の足の動きが解放されました。

Y todas sus piernas se crisparon de extrema excitación.

そして、彼の足はすべて極度の興奮でピクピクと動きました。

Primero quería sacar la parte inferior de su cuerpo de la cama.

まず彼は下半身をベッドから出そうとした。

Pero en realidad aún no había visto la parte inferior de su cuerpo.

しかし、彼はまだ自分の下半身を実際に見ていなかった。

Y, de todas formas, resultó demasiado difícil mover esta pieza.

そして、この部分を移動するのはとにかく困難すぎることが判明しました。

Finalmente, con todas sus fuerzas, realizó un movimiento salvaje.

ついに、彼は全力を尽くして大胆な行動に出ました。

Sin más vacilación, avanzó.

彼はそれ以上ためらうことなく前進した。

Pero había elegido la dirección equivocada.

しかし、彼は進むべき方向を間違えていた。

Golpeó violentamente su cuerpo contra el poste inferior de la cama.

彼はベッドの下の柱に激しく体を打ち付けた。

El dolor ardiente que sintió le enseñó una valiosa lección.

彼が感じた焼けるような痛みは彼に貴重な教訓を与えた
。

La parte inferior de su cuerpo era quizás más sensible.

下半身の方が敏感だったのかもしれない。

Entonces intentó sacar primero la parte superior del cuerpo de la cama.

そこで彼はまず上半身をベッドから出そうとしました。

Giró cuidadosamente la cabeza en la dirección correcta.

彼は慎重に頭を正しい方向に向けた。

Y pronto su cabeza estaba mirando hacia el borde de la cama.

そしてすぐに彼の頭はベッドの端を向いた。

Este movimiento cauteloso en realidad fue fácil para él.

この慎重な動きは、実は彼にとっては簡単なことだった
。

Y su anchura y peso no detuvieron su movimiento.

そして、彼の体幅と体重は彼の動きを止めることはなか
った。

La masa de su cuerpo siguió lentamente el giro de la cabeza.

彼の体の質量は頭の回転にゆっくりと追従した。

Pero luego sostuvo su cabeza sobre el borde de la cama.

しかし、彼はベッドの端に頭を乗せました。

Y se enfrentó a un nuevo miedo en el que aún no había pensado.

そして彼は、これまで考えたこともなかった新たな恐怖に直面した。

Avanzar más por este camino podría ser peligroso.

この方法でこれ以上前進すると危険になる可能性があります。

Había pensado que simplemente se dejaría caer.

彼は、ただ落ちていくだけだと思っていた。

Pero sería un milagro si no se lesionara la cabeza.

しかし、頭を負傷しなかったら奇跡だ。

Ahora no era el momento de arriesgarse a perder el conocimiento.

今は意識を失う危険を冒す場合ではなかった。

Quizás sería mejor quedarse en la cama después de todo.

結局ベッドにいたほうがいいのかもしれない。

Pero luego tuvo que hacer el mismo esfuerzo para regresar.

しかし、戻るにも同じ努力をしなければならなかった。

Después de todo ese esfuerzo él estaba tendido allí igual que antes.

あれだけの努力をした後、彼は以前と同じようにそこに横たわっていた。

Y ahora sus piernas parecían incluso más enojadas que antes.

そして今、彼の足は前よりもさらに痛んでいるように見えました。

Los movimientos de sus piernas se habían vuelto aún más incontrolables.

彼の足の動きはさらに制御不能になった。

No veía manera de salir de la situación en la que se encontraba.

彼は自分が置かれた状況から抜け出す方法が見つからないと感じた。

De este caos no fue posible sacar la paz ni el orden.

この混乱から平和と秩序はもたらされなかった。

Pero sabía que quedarse en la cama tampoco era una opción.

しかし、彼はベッドに留まることも選択肢ではないことを知っていた。

Sacrificarlo todo era la opción más sensata.

すべてを犠牲にすることが最も賢明な選択でした。

Se aferró a la más mínima esperanza de levantarse de la cama.

彼はベッドから起き上がれるというわずかな希望を持ち続けた。

Si lo hubiera conseguido, todo riesgo habría valido la pena.

もし彼がこれを成し遂げることができれば、すべてのリスクは価値があっただろう。

Pero al mismo tiempo también recordó algo más.

しかし、同時に彼は別のことも思い出した。

"Mejores que decisiones desesperadas son reflexiones tranquilas."

「必死の決断よりも冷静な熟考のほうが良い。」

Con todo su esfuerzo centró su mirada en la ventana.

彼は全力を尽くして目を窓に集中させた。

Pero lo que vio le trajo poca confianza y alegría.

しかし、彼が見たものは、ほとんど自信と元気を与えな
かった。

La niebla de la mañana cubría toda la estrecha calle.

朝霧が狭い通り全体を覆っていた。

El despertador volvió a sonar; ahora eran las siete.

目覚まし時計が再び鳴り、今は7時だった。

"Ya son las siete y todavía hay mucha niebla."

「もう7時なのに、まだ霧が濃いですね。」

Durante un rato permaneció en silencio, respirando
débilmente.

しばらくの間、彼は弱々しく呼吸しながら静かに横たわ
っていた。

Quizás un poco de quietud traería algo de normalidad.

おそらく、ある程度の静けさが、ある程度の正常性をも
たらすだろう。

Un silencio absoluto podría provocar las condiciones reales.

完全な沈黙が現実の状況をもたらす可能性がある。

Pero antes de que el reloj volviera a sonar, rompió el
silencio.

しかし、時計が再び鳴る前に、彼は沈黙を破った。

"Antes de que el reloj vuelva a sonar, debo levantarme de la
cama."

「時計がまた鳴る前にベッドから出なくてはならない。
」

"Para entonces tengo que estar totalmente fuera de la cama."

「その時までに私は絶対に完全にベッドから出なければ
なりません。」

"Después de las siete y cuarto la oficina enviará a alguien."

「7時15分以降にオフィスから誰かが来ます。」

"Porque la oficina abrió antes de las siete."

「オフィスが7時前に開いたからです。」

Y ahora empezó a balancear su cuerpo fuera de la cama.

そして彼は体を揺らしながらベッドから起き上がり始め
ました。

Había abandonado el centrarse en la parte superior o inferior de su cuerpo.

彼は上半身にも下半身にも集中することを諦めていた。

Todo el largo de su cuerpo tuvo que salir de la cama.

彼の体全体がベッドから出なければなりませんでした。

Caer de esa manera debería proteger su cabeza, pensó.

こうすれば頭は守られるはずだ、と彼は思った。

Había planeado levantar la cabeza cuando cayera al suelo.

彼は地面に落ちたときに頭を上げるつもりだった。

La parte posterior de su cuerpo parecía lo suficientemente dura para el impacto.

彼の体の後ろ側は衝撃に耐えられるほど硬くなっている
ようだった。

Y la alfombra estaba allí para suavizar el aterrizaje.

そして、カーペットは着地を和らげるためにありました
。

Sin embargo, su mayor preocupación era el fuerte ruido.

しかし、彼が最も心配していたのは大きな騒音だった。

El ruido estrepitoso asustaría a todos en la casa.

その衝突音は家にいる全員を怖がらせるだろう。

Quizás no les daría miedo el ruido fuerte.

おそらく彼らは大きな音を怖がらないだろう。

Pero seguramente se preocuparían si oyeran eso.

しかし、もし彼らがそれを聞いたら、きっと心配するだろう。

Pero había que correr el riesgo de llamar la atención.
しかし、注目を集めるリスクを負わなければなりませんでした。

El nuevo método era más un juego que un esfuerzo.
新しい方法は努力というよりもゲームのようなものだった。

Tuvo que balancear su cuerpo con movimientos bruscos y espasmódicos.
彼は突然、ぎくしゃくした動きで体を揺らさなければならなかった。

Gregor ya estaba medio levantado de la cama.
グレゴールはすでにベッドから半分出ていた。

Ahora se le ocurrió una idea nueva.
今、彼の頭に新たな考えが浮かんだ。

"Todo sería tan fácil si alguien viniera en mi ayuda."
「誰かが助けに来てくれたら、すべてが簡単になるのに。」

"Dos personas fuertes serían suficientes."
「二人の強い人がいれば十分でしょう。」

Su padre y la criada serían lo suficientemente fuertes.
彼の父親とメイドは十分に強いだろう。

Sólo tendrían que deslizar los brazos bajo su espalda.
彼らはただ彼の背中の下に腕を滑り込ませるだけでよかったのです。

Y luego pudieron sacarlo fácilmente de la cama.

そして彼らは彼を簡単にベッドから引きずり出すことができた。

Quizás habrían tenido que bajarle el peso poco a poco.

おそらくゆっくりと体重を減らさなければならなかっただろう。

Ojalá entonces las piernas hubieran encontrado su propósito.

そうすれば、足は目的を見つけたことになるでしょう。

¿No sería mejor después de todo pedir ayuda?

「結局、助けを求めたほうがいいんじゃないの？」

El problema, por supuesto, era que había cerrado las puertas.

問題は、もちろん彼がドアに鍵をかけていたことだ。

Había algo en ese pensamiento que le hacía cosquillas.

その考えには彼をくすぐるような何かがあった。

Y a pesar de sus dificultades, no pudo evitar esbozar una sonrisa.

そして、苦難にもかかわらず、彼は笑いを抑えることができなかった。

Ya estaba cerca de perder el equilibrio.

彼はすでにバランスを崩しそうになっていた。

Cada movimiento lo acercaba más a caerse de la cama.

揺れるたびに、彼はベッドから落ちそうになった。

Pronto tendría que tomar la decisión final.

間もなく彼は最終決断を下さなければならなくなった。

En cinco minutos serían las siete y cuarto.

5分後には7時15分になるところだった。

Mientras pensaba estos pensamientos, sonó el timbre.

彼がそんなことを考えていると、ドアベルが鳴った。

"Es alguien de la oficina", se dijo.

「あれはオフィスの誰かだ」と彼は心の中で思った。

Y casi se quedó paralizado de miedo ante la visita.

そして彼は訪問者に対する恐怖で凍り付きそうになった。

Sus piernas bailaron aún más salvajemente que antes.

彼の足は前よりもさらに激しく踊った。

Pero luego, por un momento, todo quedó en silencio.

しかし、その後、一瞬、すべてが静かになりました。

"No abrirán la puerta", se dijo Gregor.

「彼らはドアを開けてくれない」とグレゴールは心の中で思った。

Todavía estaba atrapado en una esperanza sin sentido.

彼はまだ無意味な希望に囚われていた。

Pero luego, por supuesto, la criada se dirigió a la puerta.

しかし、当然のことながら、メイドはドアに向かって歩きました。

Y como siempre, le abrió la puerta al visitante.

そして、いつものように、彼女は訪問者のためにドアを開けました。

A Gregor le bastó con oír el primer saludo del visitante.

グレゴールは訪問者の最初の挨拶を聞くだけでよかった。

Pudo saber inmediatamente quién había venido a buscarlo.

彼は誰が彼を迎えに来たのかすぐに分かった。

El propio jefe de oficina había venido a ver cómo estaba Samsa.

主任事務員自らサムサの様子を見に来た。

¿Por qué Gregor fue el único condenado a este destino?

なぜグレゴールだけがこのような運命をたどったのでしょうか?

¿Por qué sólo él tuvo que servir en tal organización?

なぜ彼だけがそのような組織に所属しなければならなかったのでしょうか?

El más mínimo descuido despertaba inmediatamente sospechas.

ほんの少しの見落としでもすぐに疑惑が浮上した。

¿Todos los empleados que trabajaban allí eran unos sinvergüenzas?

そこで働いていた従業員は全員悪党だったのか?

¿No había entre ellos ninguna persona fiel y devota?

彼らの中には忠実で献身的な人はいなかったのでしょうか?

¿No podrían haber enviado simplemente un aprendiz?

弟子を送ってくればよかったのではないですか?

¿Era realmente necesario todo este cuestionamiento?

これらすべての質問は本当に必要だったのでしょうか?

¿El representante autorizado tenía que venir personalmente?

代理人が自ら来なければならなかったのですか?

¿Había que informar a toda la familia inocente?

罪のない家族全員に知らせる必要があったのでしょうか?

Todas estas consideraciones impulsaron a Gregor a actuar.

これらすべての考慮がグレゴールを行動へと駆り立てた。

Se levantó de la cama con todas sus fuerzas.

彼は全力でベッドから飛び起きた。

Se escuchó un fuerte estallido, pero no era realmente un ruido.

大きな音がしたが、それは実際には騒音ではなかった。

La caída había sido ligeramente suavizada por la alfombra.

カーペットのおかげで落下の衝撃が少し和らぎました。

Su espalda era más elástica de lo que Gregor había pensado.

彼の背中はグレゴールが思っていた以上に弾力があった
。

Así que el sonido era más apagado y no tan perceptible.

そのため、音はより鈍くなり、それほど目立たなくなり
ました。

Pero no había cuidado su cabeza durante la caída.

しかし、彼は転倒時に頭のケアをしていなかった。

Y cuando golpeó el suelo también se golpeó la cabeza.

そして地面に落ちた時、頭も打ったのです。

Se frotó la cabeza contra la alfombra con rabia y dolor.

彼は怒りと痛みで頭をカーペットにこすりつけた。

Pero el gerente de la habitación de al lado escuchó el ruido.

しかし、隣の部屋の管理人がその騒音に気づきました。

"Algo cayó allí", observó correctamente.

「何かがそこに落ちた」と彼は正しく観察した。

Gregor intentó imaginarse al gerente en su situación.

グレゴールは、マネージャーが自分の立場だったらどう
なるかを想像しようとした。

"¿Podría pasarle lo mismo a él?" se preguntó.

「彼にも同じことが起こるのだろうか？」と彼は思った
。

Aceptó que este extraño acontecimiento pudiera ser posible.

彼はこの奇妙な出来事が起こり得ることを認めた。

Y entonces el jefe de oficina dio unos pasos hacia la habitación.

それから、事務長は部屋まで数歩歩いて行きました。

Fue casi una respuesta burda a la pregunta que hizo.

それは彼が尋ねた質問に対するほとんど粗雑な答えでした。

Sus botas de cuero crujieron cuando se acercó a la puerta.

彼がドアに近づくと革のブーツがきしんだ。

Desde la habitación de su derecha su criada le susurró:

右手の部屋からメイドが彼にささやいた。

Gregor, el representante autorizado está aquí.

「グレゴール、正式な代表者がここにいます。」

—Lo sé —dijo Gregor, pero sólo en voz baja, para sí mismo.

「わかっているよ」とグレゴールは心の中で静かに言った。

No se atrevió a levantar la voz por encima de un susurro.

彼はささやき声以上の声を上げる勇気がなかった。

Porque Gregor no quería que su hermana lo oyera.

グレゴールは妹に聞かれたくなかったからです。

—Gregor —dijo el padre desde la habitación de la izquierda.

「グレゴール」と父親が左側の部屋から言った。

"El gerente ha venido a comprobar cuál es el problema".

「マネージャーが何が問題なのか確認しに来ました。」

"Él te preguntó por qué no saliste en el tren temprano."

「彼はなぜ早い電車で出発しなかったのかと尋ねました。」

"No sabemos qué decirle", dijo el padre.

「息子に何と言えばいいのか分からない」と父親は語った。

"Por cierto, también quiere hablar contigo personalmente."

「ところで、彼はあなたと個人的に話したいとも言って
います。」

"Por favor, abre la puerta para que pueda hablar contigo."

「彼があなたと話せるように、ドアを開けてください。
」

"Tendrá la amabilidad de disculpar el desorden en la
habitación".

「彼は部屋の散らかりを許してくれるほど親切だ。」

"Buenos días, señor Samsa", le saludó el gerente.

「おはようございます、ザムザさん」とマネージャーが
彼に呼びかけた。

Y ciertamente le habló de manera amistosa.

そして彼は確かに彼に対して友好的に話しました。

"No está bien", le dijo la madre al gerente.

「彼は具合がよくありません」と母親はマネージャーに
言った。

"No se encuentra bien en absoluto, créame, querido gerente."

「彼は全然調子がよくありません、信じてください、親
愛なるマネージャー。」

¿Por qué si no, Gregor perdería el tren de la mañana?

「そうでなければ、なぜグレゴールは朝の電車に乗り遅
れるのでしょうか？」

"El chico no tiene nada en la cabeza excepto el negocio."

「その少年は仕事のことしか考えていない。」

"Casi me molesta que no haga nada más".

「彼が他に何もしないことが私をほとんどイライラさせ
る。」

"Me gustaría que saliera por las noches a tomar aire fresco".

「彼には夕方に新鮮な空気を吸いに外に出ていってほしい。」

"Estuvo en la ciudad ocho días por negocios."

「彼は仕事で8日間市内に滞在していた。」

"Pero él estaba en casa todas esas noches"

「しかし、彼は毎晩家にいたのです」

"Se sienta en nuestra mesa y lee el periódico".

「彼は私たちのテーブルに座って新聞を読みます。」

"En otras ocasiones, estudia los horarios de los trenes."

「他の時には、電車の時刻表を調べます。」

"A veces se mantiene ocupado con la carpintería".

「時々彼は大工仕事をして忙しくしているんです。」

"Por ejemplo, talló un pequeño marco de madera para cuadros".

「例えば、彼は小さな木製の額縁を彫りました。」

"Estuvo ocupado con la sierra durante dos o tres tardes".

「二、三晩にわたって彼はのこぎりで忙しくしていた。」

"Te sorprenderá lo bonito que es el marco de fotos".

「この額縁の美しさにきっと驚かれると思います。」

"Ha colgado el marco de fotos en su habitación."

「彼は自分の部屋に額縁を掛けました。」

"Cuando abra la puerta veréis su carpintería."

「彼がドアを開けると、木製の細工が見えるでしょう。」

"Por cierto, me alegro de que esté aquí, señor Prokurist".

「ところで、プロクリストさん、あなたがここにいてくれて嬉しいです。」

"Solos no habríamos podido lograr que Gregor abriera la puerta."

「私たちだけではグレゴールにドアを開けさせることはできなかったでしょう。」

"Es muy terco", le confesó su madre al empleado.

「彼は本当に頑固なんです」と母親は店員に打ち明けた。

"Ciertamente está enfermo, aunque antes lo negó".

「彼は以前は否定していたが、確かに体調が悪い。」

"Estaré allí enseguida", dijo Gregor lentamente y con cuidado.

「すぐそこへ行くよ」グレゴールはゆっくりと慎重に言った。

Pero no hizo ningún movimiento hacia la puerta de la habitación.

しかし彼は部屋のドアに向かって動かなかった。

No quería perderse ni una palabra de la conversación.

彼は会話の一言も聞き逃したくなかった。

El secretario jefe estuvo de acuerdo con la evaluación de la madre.

主任事務員は母親の評価に同意した。

-Tampoco puedo explicarlo de otra manera, señora.

「私も他の方法では説明できません、奥様。」

"Esperemos que no tenga ninguna enfermedad grave", dijo.

「彼が深刻な病気にかかっていないことを皆で願おう」と彼は言った。

"Por otro lado, es un peligro en nuestra industria".

「その一方で、それは私たちの業界にとって危険です。」

"Nosotros, los empresarios, a menudo tenemos que superar el malestar."

「私たちビジネスマンは、不快感を克服しなければならないことが多々あります。」

"Los profesionales simplemente tienen que aguantar los dolores leves".

「プロはちょっとした痛みも乗り越えるしかない。」

Mientras tanto su padre volvió a llamar a la otra puerta.

その間に、父親は再び別のドアをノックした。

"¿Puede entrar ahora el jefe de oficina?" quiso saber.

「主任事務員は今入って来られますか？」と彼は知りたがっていました。

"No, no puede", respondió Gregor a la pregunta de su padre.

「いいえ、できません」とグレゴールは父親の質問に答えた。

Un silencio incómodo cayó en la habitación de la izquierda.

左側の部屋に気まずい沈黙が訪れた。

En la habitación de la derecha la hermana comenzó a sollozar.

右側の部屋では、妹が泣き始めました。

¿Por qué la hermana no se había ido a estar con los demás?

なぜ妹は他の人たちと一緒に行かなかったのでしょうか？

Probablemente acababa de levantarse de la cama, pensó.

彼女はおそらくベッドから出たばかりだろう、と彼は思った。

Es posible que ni siquiera haya empezado a vestirse todavía.

彼女はまだ着替えを始めていないかもしれない。

Pero Gregor no podía entender por qué ella lloraba.

しかしグレゴールは彼女がなぜ泣いているのか理解でき
ませんでした。

¿Fue porque no se levantó y dejó entrar al gerente?
彼が立ち上がってマネージャーを中に入れなかったから
でしょうか？

¿Fue porque estaba en peligro de perder su trabajo?
職を失う危険があったからでしょうか？

¿Podría el jefe venir a buscar a los padres como antes?
ボスは以前のように親を狙うのでしょうか？

¿Iba a volver a hacerles las mismas exigencias de siempre?
彼はまた彼らに昔の要求をするつもりだったのだろうか
？

**Estas cosas probablemente no hacían que hubiera que
preocuparse.**
こういったことはおそらく心配する必要はなかったでし
ょう。

Por el momento no tenía motivos para llorar.
今のところ彼女には泣く理由がなかった。

Gregor todavía estaba allí, manteniendo a la familia.
グレゴールはまだここにいて、家族を養っていました。

Y nunca tuvo intención de abandonar a la familia.
そして彼は家族を離れるつもりなど一度もなかった。

**Por el momento, simplemente permaneció tendido sobre la
alfombra.**
とりあえず彼はカーペットの上に横たわったままでした
。

La familia desconocía la condición en la que se encontraba.
家族は彼の容態を知らなかった。

Si lo hubieran sabido no habrían animado a su jefe.

知っていたら、彼らは上司を励まさなかっただろう。

Ni siquiera habrían dejado entrar al gerente a la casa.

彼らは管理人を家に入れることさえしなかったでしょう。

No habría sido particularmente grosero rechazarlo.

彼を拒否することは特に失礼なことではなかっただろう。

Fácilmente podría haber encontrado una excusa adecuada más tarde.

彼は後から簡単に適当な言い訳を見つけることができたはずだ。

No era algo por lo que lo hubieran podido despedir.

そんなことのために彼は解雇されるはずがなかった。

Gregor pensó que ahora sería más sensato que lo dejaran solo.

グレゴールは今は一人でいるほうが賢明だと感じた。

Molestarlo con llantos y conversaciones no sirvió de mucho.

泣いたり話したりして彼を邪魔してもほとんど効果はなかった。

Pero fue la incertidumbre lo que molestó a los demás.

しかし、他の人々を悩ませていたのは、その不確実性だった。

Y fue esta incertidumbre la que justificó su comportamiento.

そして、この不確実性が彼らの行動を正当化したのです。

—¡Señor Samsa! —gritó el gerente en voz alta.

「サムサさん」マネージャーは声を上げて呼びかけた。

"¿Qué te pasa?" quiso saber.

「どうしたんだい？」彼は知りたがった。

"Te has atrincherado en tu habitación."

「あなたは自分の部屋に閉じこもっていますね。」

"Solo puedes responder con un 'sí' o un 'no'."

「『はい』か『いいえ』のどちらかでしか答えられません。」

"Estás causando serias preocupaciones a tus padres."

「あなたは両親に大変な心配をかけています。」

"No veo ninguna buena razón para preocuparlos".

「なぜ彼らを心配させるのか、よく分からない。」

"Hay otra cosa más que mencionaré de paso."

「ついでにもう一つ触れておきたいことがあります。」

"También estás descuidando tus obligaciones comerciales hacia nosotros".

「あなたは私たちに対する業務上の義務も怠っています。」

"Esa irresponsabilidad está totalmente fuera de tu carácter".

「そんな無責任な態度は、あなたの性格とは全く違いますよ。」

"Hablo aquí en nombre de tus padres y de tu jefe".

「私はあなたの両親とあなたの上司に代わってここで話します。」

"Y os pido una explicación inmediata y clara."

「そして私はあなたに即時かつ明確な説明を求めます。」

"Todo esto realmente me sorprende, debo decir".

「この出来事には本当に驚かされます」と言わざるを得ません。

"Pensé que te conocía como una persona tranquila y razonable."

「私はあなたを冷静で理性的な人だと思っていたのですが。」

"Pero ahora nos estás mostrando un lado diferente de ti".

「でも今は、あなたの違った一面を見せてくれていますね。」

"De repente estás mostrando tus caprichos tan peculiares."

「突然、とても奇妙な気まぐれを見せたね。」

"Pero podría haber una explicación para tu fracaso".

「しかし、あなたの失敗には説明があるかもしれません。」

"El jefe mencionó una deuda que usted había cobrado para nosotros."

「上司はあなたが私たちのために回収した借金について話していました。」

"Le di al jefe mi palabra de honor en tu nombre".

「私はあなたに代わって上司に名誉の誓いを伝えました。」

"Pero ahora veo tu incomprensible terquedad."

「しかし今、私はあなたの理解できない頑固さを知りました。」

"Aún podría perder todo mi deseo de ayudarte."

「あなたを助けたいという気持ちが、まだ完全に失われてしまうかもしれません。」

"Su seguridad laboral no es en absoluto totalmente estable".

「あなたの雇用保障は決して完全に安定しているわけではありません。」

"Originalmente tenía la intención de contarte todo esto en privado".

「私はもともとこれをあなたに個人的に話すつもりでした。」

"Pero ahora veo que quieres que pierda mi tiempo aquí".

「でも、ここで私の時間を無駄にさせたいのだと分かりました。」

"Así que no veo ninguna razón por la que tus padres no deberían saberlo."

「だから、あなたの両親が知らない理由はないと思いますよ。」

"Su desempeño reciente no ha sido satisfactorio."

「あなたの最近のパフォーマンスは満足できるものではありません。」

"Reconozco que las ventas son más lentas en esta época del año".

「確かにこの時期は売り上げが落ちます。」

"Pero no hay época del año en que no haya ventas".

「しかし、一年中、セールのない時期などありません。」

Por un momento Gregor olvidó todo lo que le rodeaba.

一瞬、グレゴールは周囲のすべてを忘れた。

—¡Pero señor Prokurist! —gritó Gregor desesperado.

「しかしプロクーリストさん」グレゴールは絶望して叫んだ。

"Abriré la puerta enseguida, ahora mismo, no te preocupes."

「今すぐドアを開けるから、心配しないで。」

"El problema es que me he estado sintiendo bastante mal."

「問題は、かなり体調が悪かったことです。」

"Mi mareo me impidió llegar a la puerta."

「めまいのせいでドアまで行けなかった。」

"Todavía estoy en cama, pero me siento mucho mejor."

「まだベッドに横たわっていますが、気分はずっと良く
なりました。」

"Un momento por favor, me estoy levantando de la cama."

「ちょっと待ってください。今ベッドから出たところで
す。」

"Un momento de paciencia es todo lo que pido, señor
Prokurist."

「少しの間だけお待ちください、プロクリストさん」

"No va tan bien como pensaba, pero estaré bien".

「思ったよりはうまくいかないけど、大丈夫だよ。」

"¿Cómo puede sucederle algo así a una persona tan
rápidamente?"

「どうしてこんなに急にそんな事が起きるんだろう？」

"Me sentí bien anoche, mis padres lo saben."

「昨夜は気分がよかったんです。両親もそれを知ってい
ます。」

"Pero quizá ya tuve una pequeña premonición entonces."

「でも、その時すでに少し予感はしていたのかもしれな
い。」

"Quizás te preguntes por qué no lo reporté en la oficina".

「なぜ職場に報告しなかったのかと疑問に思うかもしれ
ません」

"Pensé que me sentiría mucho mejor por la mañana".

「朝になったらまた気分が良くなるだろうと思った。」

"Uno siempre piensa que para entonces ya habrá superado la
enfermedad."

「その時までに病気を克服できるだろうといつも思うのです。」

"¡Pero por favor! ¡Libera a mis padres de estas acusaciones!"

「でも、お願いです！私の両親をこんな非難から遠ざけてください！」

"No me han dicho ni una palabra de lo que me contaste."

「あなたから言われたことは、一言も聞いていません。」

"Puede que no hayas leído las últimas órdenes que envié".

「私が最後に出した命令を読んでいないかもしれません。」

"Por cierto, no tienes que preocuparte por mí hoy."

「ところで、今日は私のことは心配しなくていいよ。」

"Aun así voy a tomar el tren de las ocho."

「私はやはり8時の電車に乗るつもりです。」

"Las pocas horas de descanso me han fortalecido bastante".

「数時間の休息で十分に元気になりました。」

"Realmente no hay necesidad de esperar, gerente."

「店長、待つ必要は全くありませんよ」

"Yo también estaré en la oficina muy pronto."

「私ももうすぐオフィスに行きますよ。」

"Y por favor, ten la amabilidad de decirme algo bueno".

「そして、どうか私のために良い言葉をかけてあげてください。」

Gregor había pronunciado su explicación con bastante precipitación.

グレゴールは急いで説明を述べた。

Apenas sabía lo que realmente estaba tratando de decir.

彼は自分が本当に何を言おうとしているのかほとんど分かっていなかった。

Se acercó a la caja y trató de usarla para ponerse de pie.

彼は箱のところに行き、それを使って立ち上がろうとしました。

Realmente tenía toda la intención de abrir la puerta.

彼は本当にドアを開けるつもりだった。

Quería ser visto por el representante autorizado.

彼は正式な代表者に会ってほしいと考えていた。

Y quería resolver el problema con él personalmente.

そして彼は個人的に彼と一緒に問題を解決したいと考えていました。

Estaba ansioso por saber cómo reaccionarían los demás ante él.

彼は他の人たちが自分に対してどう反応するか知りたがっていた。

Ya deben estar ansiosos por ver cómo está.

彼らも今頃は彼の様子を知りたがっているに違いない。

Había dos formas posibles en las que podían reaccionar ante él.

彼らが彼に対して反応する方法は2つ考えられました。

Una posibilidad era que estuvieran asustados.

一つの可能性としては、彼らは怖がるだろうということだ。

Si estaban asustados entonces él no tenía ninguna responsabilidad.

もし彼らが怖がっていたのなら、彼には責任はない。

Y entonces no tendría que preocuparse por la situación.

そうすれば、彼はその状況について心配する必要がなく
なるでしょう。
Pero también había otra posibilidad en la que pensar.
しかし、考えるべき別の可能性もありました。
Quizás aceptarían con calma su forma de ser.
もしかしたら彼らは彼のありのままを冷静に受け入れる
かもしれない。
Entonces Gregor tampoco tendría motivos para enojarse.
そうすれば、グレゴールも怒る理由がなくなるでしょう
。
Todavía habría tiempo suficiente para coger el tren.
電車に乗るにはまだ十分な時間があるだろう。
Sin embargo, mantenerse en pie no fue una tarea fácil.
しかし、直立することは決して簡単なことではありませ
んでした。
En sus primeros intentos se resbaló de la caja.
最初の数回の試みで、彼は箱から滑り落ちてしまいまし
た。
**La caja era demasiado lisa para que él pudiera apoyarse
contra ella.**
その箱はあまりにも滑らかだったので、彼はそれに耐え
ることができなかった。
Y finalmente se dio un último empujón para ponerse de pie.
そしてついに彼は立ち上がるために最後の力を振り絞っ
た。
Ya no le prestó más atención al dolor en su abdomen.
彼は腹部の痛みにもう注意を払わなかった。
No importaba cuánto dolor sintiera, él lo superaría.

どれだけの痛みでも、彼はそれを乗り越えるだろう。

Se dejó caer contra el respaldo de una silla cercana.

彼は近くの椅子の背もたれに倒れ込んだ。

Y se agarró a los bordes con sus pequeñas piernas.

そして彼は小さな足で端につかまりました。

En ese momento ya tenía más control de sí mismo.

彼はこの時点で自分自身をよりコントロールできるようになった。

Y su caída fue más silenciosa que la anterior.

そして彼の転落は前回よりも静かになった。

Porque tenía que escuchar lo que decía el gerente.

なぜなら彼はマネージャーの言うことを聞かなければならなかったからです。

¿Entendieron algo de eso?, preguntó a los padres.

「あなたたちはそれを少しでも理解しましたか？」と彼は両親に尋ねた。

"No se burlaría de nosotros, ¿verdad?"

「彼は私たちを馬鹿にしたりしないでしょうね？」

—¡Por Dios! —gritó la madre, ya llorando.

「お願いだから」母親はすでに泣きながら叫んだ。

"Puede que esté gravemente enfermo y lo estamos atormentando".

「彼は重病かもしれない、そして私たちは彼を苦しめている。」

"¡Grete! ¡Grete!", le gritó a la hija.

「グレーテ！グレーテ！」彼女は娘に向かって叫びました。

"¿Mamá?" llamó la hermana desde el otro lado.

「お母さん？」と反対側から妹が呼びかけた。

Luego se comunicaron a través de la habitación de Gregor.

それから彼らはグレゴールの部屋を通して連絡を取り合った。

Gregor está muy enfermo y necesita medicamentos.

「グレゴールは重病なので薬が必要です。」

"Tendrás que ir al médico inmediatamente."

「すぐに医者に行かなければなりません。」

¿Escuchaste cómo habló Gregor hace un momento?

「グレゴールが今話した内容を聞いたか？」

"Esa era la voz de un animal", dijo el gerente.

「あれは動物の声だった」とマネージャーは言った。

Sus palabras eran silenciosas comparadas con los gritos de la madre.

彼の言葉は母親の叫び声に比べれば静かだった。

—¡Anna! ¡Anna! —llamó el padre desde la antesala.

「アンナ！アンナ！」父親は控え室から呼びかけた。

Y aplaudió para llamar su atención.

そして彼は彼らの注意を引くために手を叩きました。

"¡Llama a un cerrajero inmediatamente!" le ordenó a la criada.

「すぐに鍵屋を呼んで来い！」彼はメイドに命じた。

Las muchachas, con sus faldas, corrían por la antesala.

少女たちはスカートをはいたまま、控え室を走り抜けた。

Y sus faldas crujieron mientras corrían frente a su habitación.

そして、彼女たちが彼の部屋の前を走り抜けると、スカートがカサカサと音を立てた。

"¿Cómo se vistió la hermana tan rápido?" pensó.

「妹はどうやってそんなに早く服を着たのだろう？」と
彼は思った。

La puerta se abrió de golpe, pero no se cerró de golpe.

ドアは引き裂かれて開いたが、バタンと閉められていな
かった。

Esto es común en los hogares donde ocurre una gran
desgracia.

これは大きな不幸が起こった家庭ではよくあることです
。

Pero todo esto había hecho que Gregor se volviera mucho
más tranquilo.

しかし、このすべてのことでグレゴールはずっと穏やか
になった。

Cuando escuchó sus propias palabras le parecieron claras.

彼は自分の言葉を聞いて、それが自分には明確に思えた
。

De hecho, sintió que sus palabras habían sido más claras.

実際のところ、彼は自分の言葉がより明確になったと感
じた。

Pero los demás ya no entendían lo que decía.

しかし、他の人たちは彼が何を言っているのかもう理解
できませんでした。

Quizás ya se había acostumbrado a sus oídos.

おそらく彼はもう自分の耳に慣れてしまっていたのだろ
う。

Pero al menos ahora entendían mejor su situación.

しかし、少なくとも彼らは彼の状況をよりよく理解する
ようになりました。

Se dieron cuenta de que realmente había algo mal con él.
彼らは本当に彼に何か問題があることに気づいた。

Y ahora estaban haciendo todo lo que podían para ayudarlo.
そして彼らは今、彼を助けるために全力を尽くしていま
した。

**Esto le dio a Gregor una sensación de confianza que le
faltaba.**
これにより、グレゴールは自分が失っていた自信を取り
戻した。

Y se sintió nuevamente mucho más seguro en la familia.
そして彼は、家族の中で再びずっと安心感を覚えるよう
になりました。

Se sintió incluido nuevamente en el círculo humano.
彼は再び人間の輪の中に加わったと感じた。

**Ahora tenía que esperar que el cerrajero pudiera abrir la
puerta.**
今、彼は鍵屋がドアを開けてくれることを願うしかあり
ませんでした。

Y esperaba que el médico pudiera realizar tales tareas.
そして彼は、医師がそのような仕事を行えることを望ん
だ。

Pronto tendría que hablar más.
彼はすぐにまたもっと話をしなければならなくなるだろ
う。

Su voz tendría que ser lo más clara posible.
彼の声はできる限り明瞭でなければならなかった。

Para prepararse para la reunión se aclaró la garganta.

会議の準備のために彼は咳払いをした。

Sin embargo, hizo todo lo posible para toser muy silenciosamente.

しかし、彼は極力静かに咳をするように努めた。

El ruido podría haber sonado diferente a una tos humana.

その音は人間の咳とは違って聞こえたかもしれない。

Sabía que ya no podía diferenciar esas cosas.

彼はもはやそのようなものを区別することはできないと知っていた。

En la habitación contigua reinaba un silencio absoluto.

隣の部屋はすっかり静かになっていました。

Los padres probablemente estaban sentados a la mesa.

おそらく両親もテーブルに座っていたのでしょう。

Quizás estaban susurrando con el gerente.

マネージャーとひそひそ話をしていたのかもしれません。

Quizás todos estaban apoyados en la puerta y escuchando.

たぶんみんなドアに寄りかかって聞いていたのでしょう。

Gregor empujó lentamente la silla hacia la puerta.

グレゴールはゆっくりと椅子をドアの方へ押した。

Empujó la puerta y se mantuvo en pie.

彼はドアを押して、体をまっすぐに保った。

Se enteró de que las almohadillas de sus pies tenían un poco de pegamento.

彼は足の裏に少し接着剤が付いていることを知りました。

Y descansó allí un momento del esfuerzo.

そして彼はそこで少しの間、労苦から休んだ。

Después de descansar lo suficiente, comenzó con la siguiente tarea.

十分に休んだ後、彼は次の仕事に取り掛かりました。

Empezó a girar la llave en la cerradura con la boca.

彼は口で鍵を回そうとした。

Desafortunadamente, parecía que no tenía dientes reales.

残念ながら、彼には実際の歯がなかったようです。

¿Pero qué otra forma tenía de conseguir las llaves?

しかし、他に鍵を手に入れる手段はあったのでしょうか？

Afortunadamente para él, sus mandíbulas eran, por supuesto, muy fuertes.

幸いなことに、彼の顎は当然ながら非常に強かった。

Con la ayuda de sus mandíbulas realmente consiguió mover la llave.

彼は顎の力を借りて、本当に鍵を動かした。

No tenía ninguna duda de que él también se estaba haciendo daño.

彼は自分自身にも危害を加えていることに何の疑いも持っていなかった。

Porque de su boca salía un líquido marrón.

茶色い液体が口から出ていたからです。

El líquido marrón fluyó sobre la llave y por la puerta.

茶色の液体が鍵を越えてドアの下へ流れ落ちました。

Pero a Gregorio no le importaba hacerse daño a sí mismo.

しかし、グレゴールは自分が傷ついていることを気にしませんでした。

"¿Puedes oír eso?" dijo el gerente en la habitación de al lado.

「聞こえますか？」と隣の部屋のマネージャーが言った
。

"Está girando la llave", había notado el gerente.

「彼は鍵を回している」とマネージャーは気づいた。

Estas palabras fueron un gran estímulo para Gregor.

この言葉はグレゴールにとって大きな励みとなった。

Pero el padre y la madre también deberían haber gritado:

しかし、父親と母親もこう叫ぶべきでした。

«¡Bien, Gregor!», deberían haberle gritado.

「よかった、グレゴール」彼らは彼に向かって叫ぶべき
だった。

"Sigue adelante, sigue girando esa llave, puedes lograrlo".

「そのまま進み続けて、鍵を回し続けてください。あな
たならできます。」

Pero Gregor tuvo que imaginarse su emoción.

しかし、グレゴールは彼らの興奮を想像しなければなり
ませんでした。

Apretó las mandíbulas con toda la fuerza que tenía.

彼は全力で歯を食いしばった。

Y continuó girando la llave en la cerradura.

そして彼は鍵を錠前の中で回し続けました。

Dolorosamente su cuerpo se retorció en un círculo.

彼の体は痛々しく円を描いてねじれた。

Ahora se mantenía erguido únicamente con la boca.

彼は今、口だけで体を支えていた。

Para seguir girando la llave presionó contra la puerta.

彼は鍵を回し続けるためにドアに押し付けた。

Finalmente el chasquido de la cerradura despertó de nuevo a
Gregor.

ついに鍵がカチッと鳴ってグレゴールは再び目を覚ました。

"Así que no necesité al cerrajero", suspiró aliviado.

「だから鍵屋は必要なかったんだ」彼は安堵のため息をついた。

Ahora sólo faltaba abrir la puerta que había desbloqueado.

今、彼は鍵を開けたドアを開けるだけでよかった。

Y con la cabeza en el pomo abrió la puerta.

そして彼は頭をドアの取っ手に乗せてドアを開けた。

Estaba detrás de la puerta que daba a su habitación.

彼は自分の部屋に通じるドアの後ろにいた。

Así que la puerta ya estaba abierta antes de que pudiera ser visto.

つまり、彼が姿を見る前にドアはすでに開いていたのです。

A continuación tuvo que maniobrar para rodear la puerta.

次に彼はドアの周りを回らなければなりませんでした。

Este difícil movimiento también requirió mucho esfuerzo.

この難しい動きにもかなりの労力がかかりました。

No quería caer torpemente en la habitación contigua.

彼は不器用に隣の部屋に落ちたくなかった。

Así que no tuvo tiempo de prestar atención a nada más.

そのため、彼は他のことに注意を払う時間がなかった。

Pero entonces oyó al jefe de oficina exclamar en voz alta: "¡Oh!".

しかしその時、彼は主任事務員が大きな声で「あ あ！」と言うのを聞きました。

Sonaba como si el viento corriera a través de la casa.

まるで風が家の中を吹き抜けていくような音がした。

Resultó que él era el que estaba más cerca de la puerta.

彼はたまたまドアに一番近かったのです。

Y al verlo, se llevó la mano a la boca.

そして今、彼を見ると、彼は口に手を当てた。

Se movió lentamente hacia atrás, alejándose de Gregor.

彼はゆっくりと後ずさりして、グレゴールから離れていった。

Pero era como si una fuerza invisible actuara sobre él.

しかし、まるで目に見えない力が彼に作用しているかのようでした。

Lo primero que hizo la madre fue mirar al padre.

母親が最初にしたのは父親を見ることでした。

A pesar de la presencia del gerente, su cabello estaba despeinado.

マネージャーがいたにもかかわらず、彼女の髪は乱れていた。

Desplegó los brazos y dio dos pasos hacia adelante.

彼女は腕を広げて二歩前進した。

Pero entonces se desplomó en medio de su falda.

しかし、彼女はスカートの真ん中に倒れ込んでしまいました。

Su vestido se extendió a su alrededor en el suelo.

彼女のドレスは床の上で彼女の周りに広がった。

Y su cabeza desapareció sobre sus propios pechos.

そして彼女の頭は彼女自身の胸の上に消えた。

El padre apretó el puño con expresión hostil.

父親は敵意に満ちた表情で拳を握りしめた。

Parecía querer que Gregor fuera empujado de nuevo a su habitación.

彼はグレゴールを自分の部屋に押し戻して欲しいと思っ
ているようだった。

Luego miró con incertidumbre alrededor de la sala de estar.
それから彼は不安そうにリビングルームを見回した。

Y finalmente se cubrió los ojos entre las manos.
そしてついに彼は両手で目を覆った。

Y lloró amargamente hasta que su poderoso pecho se estremeció.
そして彼は胸が震えるほど激しく泣いた。

Gregor en realidad no entró en su habitación.
グレゴールは実際には彼らの部屋には全く入っていませ
んでした。

En lugar de eso, se apoyó contra el marco de la puerta.
その代わりに彼はドアの枠に身を預けた。

Para los que estaban desde fuera solo era visible la mitad de su cuerpo.
外から見えるのは彼の体の半分だけだった。

Y encima de su cuerpo estaba su cabeza, inclinada hacia un lado.
そして彼の体の上には、横に傾いた頭がありました。

Para entonces la luz se había vuelto mucho más brillante que antes.
この時までに、光は前よりもずっと明るくなっていまし
た。

Ahora se podía ver claramente el otro lado de la calle.
今では通りの反対側がはっきりと見えるようになりまし
た。

Apareció una sección del interminable y gris hospital.
果てしなく続く灰色の病院の一部が姿を現した。

La lluvia de la mañana aún no había parado del todo de caer.

朝の雨はまだ完全には止んでいなかった。

Pero ahora las gotas de lluvia eran más grandes y estaban más separadas.

しかし、今では雨粒は大きくなり、間隔も広くなっていました。

Los platos del desayuno estaban en abundancia en la mesa.

朝食の料理がテーブルの上にたくさん並んでいました。

El padre pensaba que el desayuno era la comida más importante.

父親は朝食が最も重要な食事だと考えていた。

El desayuno era una comida que se prolongaba durante horas.

朝食は彼が何時間もかけて食べた食事だった。

Y en esas horas leía los distintos periódicos.

そして、この時間を利用して彼は様々な新聞を読みました。

Justo en la pared opuesta colgaba una fotografía de Gregor.

ちょうど反対側の壁にはグレゴールの写真が掛かっていた。

La fotografía en la pared lo mostraba como teniente.

壁にかかっている写真には彼が中尉の姿が写っていた。

Era una fotografía de su época en el ejército.

それは彼が軍隊にいたころの写真でした。

Su mano estaba sobre su espada y tenía una sonrisa despreocupada.

彼は剣に手を置いて、屈託のない笑みを浮かべていた。

Su postura y su uniforme exigían cierto respeto.

彼の姿勢と制服はある種の尊敬を必要とした。

La otra puerta que conducía a la antesala también estaba abierta.

控え室に通じるもう一つのドアも開いていた。

Y la puerta del apartamento todavía estaba abierta también.

そしてアパートのドアもまだ開いたままでした。

Se podía ver hasta el patio delantero del apartamento.

アパートの前庭までずっと見渡すことができました。

Y luego las escaleras conducían a la calle de abajo.

そして階段は下の道路へと続いていました。

Gregor fue el único que mantuvo la compostura.

平静を保っていたのはグレゴールだけだった。

Él vio esto, por lo que la conversación era su responsabilidad.

彼はこれを見たので、会話は彼の責任になりました。

"Bueno, ahora me voy a vestir para ir a trabajar", dijo.

「さて、これから仕事に行くために着替えてきます」と彼は言った。

"Después de haber empaquetado las muestras textiles, me iré."

「織物のサンプルを梱包したら出発します。」

"¿Aún tiene intención de dispararme, señor Prokurist?"

「あなたはまだ私を解雇するつもりですか、プロクリストさん？」

"Como puedes ver, no soy tan terco como pensabas."

「ご覧の通り、私はあなたが思っているほど頑固ではありません。」

"Y puedes ver que después de todo me gusta trabajar".

「結局のところ、私は働くのが好きなのが分かると思います。」

"Puedo admitir que viajar por trabajo no es fácil".

「仕事で旅行するのは簡単ではないことは認めます。」

"Pero también puedo aceptar que es parte de mi trabajo".

「しかし、それが私の仕事の一部であることも受け入れることができます。」

"Gerente, ¿adónde va? ¿De vuelta a la oficina?"

「店長、どこへ行くんですか？オフィスに戻るんですか？」

"¿Informarás verazmente de todo lo que has visto?"

「あなたが見たことをすべて正直に報告しますか？」

"A veces sucede que uno no puede ir a trabajar."

「仕事に行けなくなることも時々あります。」

"Este es el momento adecuado para recordar los logros pasados".

「過去の功績を思い出すには今が最適な時期です。」

"Después de eliminar la dificultad, uno trabaja aún mejor."

「困難を取り除いた後、人はさらにうまく働きます。」

"Mi diligencia y concentración aumentarán".

「私の勤勉さと集中力は、さらに高まります。」

"Sabes muy bien que estoy en deuda con el jefe."

「私がボスに恩義があることは、あなたもよくご存知でしょう。」

"Pero también estoy preocupada por mis padres y mi hermana".

「でも、両親と妹のことも心配です。」

"Estoy en una situación difícil, pero encontraré la manera de salir de ella".

「私は窮地に陥っていますが、何とかしてそこから抜け出します。」

"No hagas esto más difícil de lo que ya es."

「これ以上困難にしないでください。」

"Como compañeros de trabajo también tenemos que ayudarnos unos a otros".

「私たちも同僚として助け合わなければなりません。」

"Sé que a los trabajadores de oficina no les gustan los viajeros".

「オフィスワーカーが旅行者を嫌っているのはわかっています。」

"¿Crees que ganamos una fortuna y llevamos una buena vida?"

「私たちは大金を稼いで良い暮らしをしていると思っているのですね。」

"No tienen ningún motivo real para considerar sus prejuicios".

「彼らには偏見を考慮する本当の理由がない。」

"Pero usted, oficial autorizado, tiene un papel diferente."

「しかし、権限のある役員であるあなたには別の役割があるのです。」

"Tienes una mejor visión general que el resto del personal".

「あなたは他のスタッフよりも全体像を把握していますね。」

"De hecho, creo que probablemente tengas la mejor visión general".

「実際、あなたが最も良い概要を把握しているのではないかと思います。」

"Tienes una visión mejor que el propio jefe".

「あなたは上司自身よりも優れた概要を把握しています。」

"Admito que el jefe hace el trabajo empresarial".

「確かに、上司は起業家としての仕事をしていると思います。」

"Pero es fácil que sus juicios sean erróneos."

「しかし、彼の判断は誤解されやすいのです。」

"Y estos pequeños errores de juicio pueden ser en nuestro detrimento".

「そして、こうした小さな誤判断が私たちに損害を与える可能性があるのです。」

"Ya sabes lo fácil que es hablar del viajero."

「旅行者について話すのがいかに簡単かご存じでしょう。」

"Él no está allí para defender su reputación de los chismes".

「彼は噂から自分の評判を守るためにそこにいるわけではない。」

"Esas acusaciones pueden fácilmente ser meras coincidencias".

「これらの非難は単なる偶然である可能性も十分にあります。」

"Muchas quejas ni siquiera tienen su base en ninguna verdad."

「多くの苦情は、何の真実にも基づいていません。」

"Está fuera de la oficina casi todo el año."

「彼はほぼ一年中オフィスを離れています。」

¿Qué posibilidades tiene de defender su propia reputación?

「彼に自分の名誉を守るチャンスはあるのか？」

"Ni siquiera se entera de las acusaciones".

「彼は告発について聞くことすらできない。」

"Se entera de lo que se ha dicho cuando ya es demasiado tarde."

「彼は、何が言われたのかを手遅れになってから知るのです。」

A estas alturas ya está exhausto por el viaje del día.

「その頃には、彼はその日の旅で疲れ切っている。」

"De todos modos, tendrá que experimentar las terribles consecuencias".

「いずれにせよ、彼は恐ろしい結末を経験しなければならない。」

"Aunque no tiene forma de entender el problema."

「彼は問題を理解するすべがないのに。」

"Oh, gerente, no se vaya sin decirme una palabra".

「ああ、店長、私に何も言わずに帰らないでください。」

"Al menos dime que estás de acuerdo conmigo en parte."

「少なくとも部分的には私の意見に同意すると言ってください。」

Pero el manager se había alejado de Gregor mucho antes.

しかし、マネージャーはずっと以前にグレゴールから離れていました。

Su hombro se contrajo cuando volvió a mirar a Gregor.

グレゴールを振り返ると、彼の肩がピクッと動いた。

Y no se quedó quieto ni un solo momento durante su discurso.

そして彼は演説中、一度も立ち止まりませんでした。

Él había mirado a Gregor con los labios fruncidos.

彼は唇をすぼめてグレゴールを見つめ返していた。

Se había ido retirando gradualmente hacia la puerta.

彼はドアの方へ徐々に後退していた。

Pero tampoco podía apartar la mirada de Gregor.

しかし彼もグレゴールから目を離すことができなかった
。

Sintió como si hubiera una prohibición secreta de salir de la habitación.

部屋から出ることは秘密に禁止されているような気がした。

Pero a estas alturas ya estaba en el vestíbulo de entrada.

しかし、この段階で彼はすでに玄関ホールにいた。

Y ahora hizo un movimiento repentino hacia la salida.

そして今、彼は突然出口に向かって動き出した。

Extendió su mano derecha hacia las escaleras.

彼は右手を階段の方へ伸ばした。

Quizás una fuerza sobrenatural estaba esperando para salvarlo.

もしかしたら、超自然的な力が彼を救うために待っていたのかもしれない。

Gregor sabía que no podía permitir que se fuera así.

グレゴールは、彼をこんな風に去らせるわけにはいかないと分かっていた。

El gerente no debe regresar con el mismo humor en el que estaba.

マネージャーは、あの時の気分で帰ってはいけない。

La seguridad del trabajo de Gregor estaba en grave peligro.

グレゴールの仕事の安全は非常に危険にさらされていた
。

Los padres no podían comprender plenamente todo esto.

両親はこれらすべてを完全に理解することはできません
でした。

Con los años se habían acostumbrado a su seguridad laboral.
何年もかけて彼らは彼の仕事の安定性に慣れていった。

Y se convencieron de que tenía el trabajo de por vida.
そして彼らは、彼が終身その職に就くだろうと確信する
ようになった。

En lugar de eso, se habían ocupado de otras preocupaciones.
その代わりに、彼らは他の心配事で忙しくなっていまし
た。

Pero estas preocupaciones les hicieron perder toda previsión.
しかし、こうした懸念のせいで彼らは先見の明を失って
しまいました。

Gregor, sin embargo, no había perdido la previsión paterna.
しかしながら、グレゴールは親の先見の明を失っていな
かった。

Alguien tenía que detener al representante autorizado.
誰かが正式な代表者を止めなければなりませんでした。

Iba a tener que calmarlo y convencerlo.
彼を落ち着かせ、説得しなければならなかった。

¡El futuro de Gregor y su familia dependía de ello!
グレゴールと彼の家族の将来はそれにかかっていました
！

Ojalá la inteligente hermana hubiera estado allí para ayudar.
賢い妹がここにいて助けてくれたらよかったのに。

**Ella ya había llorado cuando Gregor todavía estaba en su
habitación.**

グレゴールがまだ部屋の中にいたとき、彼女はすでに泣いていた。

En ese momento él simplemente yacía tranquilamente boca arriba.

その時点で彼はただ静かに仰向けに横たわっていました。

Ella ya sabía entonces la importancia de la situación.

彼女はその時すでに事態の重大さを知っていた。

El gerente tenía una debilidad bien conocida por las mujeres.

その店長は女性に弱いことで有名だった。

Ella fácilmente podría haberlo persuadido para que se quedara más tiempo.

彼女は簡単に彼を説得してもっと長く滞在させることができたはずだ。

Ella habría cerrado la puerta y lo habría guiado adentro.

彼女はドアを閉めて彼を中に戻したでしょう。

Pero desafortunadamente la hermana había ido a buscar un médico.

しかし残念なことに、妹は医者を呼びに行っていました。

Así que Gregor no tuvo más remedio que hacerlo él mismo.

したがって、グレゴールは自分でそれを行うしか選択肢がありませんでした。

No había considerado cuáles eran realmente sus habilidades.

彼は自分の能力が実際どのようなものなのか考えてみなかった。

Y se había olvidado de desconfiar de su capacidad de hablar.

そして彼は、自分の話す能力を疑うことを忘れていた。

Pero aún así, abandonó la seguridad de su habitación.

しかし、それにもかかわらず、彼は安全な部屋から出て行きました。

Y se abrió paso a través de la abertura de la habitación.

そして彼は部屋の隙間から押し入った。

El gerente ya estaba bajando las escaleras.

店長はすでに階段を下り始めていた。

Pero él se agarraba a la barandilla con ambas manos.

しかし彼は両手で手すりを掴んでいた。

Gregor se cayó mientras intentaba atravesar la puerta.

グレゴールはドアを押し開けようとした時に転倒した。

Dejó escapar un pequeño grito mientras trataba de agarrar algo para apoyarse.

彼は支えを求めて掴まりながら小さな叫び声を上げた。

Pero en lugar de pánico, sintió un bienestar físico.

しかし、パニックに陥るどころか、彼は身体的な健康を感じていた。

Por primera vez esa mañana algo se sintió bien.

その朝初めて、何かが正しいと感じました。

Todas sus piernas ahora tenían tierra sólida debajo de ellas.

彼の両足は今や地面をしっかりと踏ん張っていた。

Se sorprendió de lo bien que podía controlar sus piernas.

彼は自分の足をいかに上手にコントロールできるかに驚いた。

Se alegró de notar que sus piernas le obedecían completamente.

彼は自分の足が完全に従うことに気づいて嬉しかった。

De hecho, sus piernas lo llevaban a donde quería.

実際、彼の足は彼をどこへでも運んでくれた。

Pronto todas sus penas estaban destinadas a llegar a su fin.

やがて彼の悲しみはすべて終わるはずだった。

Pero en ese mismo momento su propia madre saltó.

しかし、まさにその瞬間に彼の母親も飛び上がりました。

Sus brazos estaban extendidos y sus dedos separados.

彼女は両腕を伸ばし、指を広げていた。

Y ella gritó: "¡Socorro! ¡Por el amor de Dios, que alguien ayude!"

そして彼女は叫びました。「助けて、お願いだから誰か助けて！」

Ella inclinó la cabeza; quería ver mejor a Gregor.

彼女は首を傾げた。グレゴールをもっとよく見たかったのだ。

Pero en contraposición a la primera acción, ella corrió hacia atrás.

しかし、最初の行動とは逆に、彼女は走って戻りました。

Se había olvidado que la mesa estaba puesta detrás de ella.

彼女は背後にテーブルがセットされていることを忘れていた。

Todos los elementos para el desayuno todavía estaban en la mesa.

朝食の食材はすべてまだテーブルの上に残っていました。

Se sentó apresuradamente en la mesa, como distraída.

彼女は気を取られたかのように、急いでテーブルに座った。

Y ella no pareció darse cuenta del café derramado.

そして彼女はこぼれたコーヒーに気づかなかったようです。

El café que ahora estaba empapando la alfombra.

コーヒーがカーペットに染み込んでしまいました。

—Mamá, madre —dijo Gregor suavemente, mirándola.

「お母さん、お母さん」グレゴールは彼女を見上げながら優しく言った。

Por el momento el manager no era importante para él.

今のところ、マネージャーは彼にとって重要ではなかった。

Pero también estaba el café goteando sobre la alfombra.

しかし、カーペットの上にコーヒーが垂れていました。

Gregor no pudo resistirse a chasquear las mandíbulas al tomar el café.

グレゴールはコーヒーを飲むと思わず口をパクパク鳴らした。

La madre comenzó a llorar nuevamente por su comportamiento.

母親は息子の態度のせいで再び泣き始めた。

Ella saltó de la mesa para distanciarse de él.

彼女は彼から距離を置くためにテーブルから飛び降りた。

Y ella corrió a los brazos del padre, buscando seguridad.

そして彼女は安全を求めて父親の腕の中に飛び込んだ。

Pero Gregor ya no tenía tiempo que perder con sus padres.

しかし、グレゴールには今、両親のために割ける時間がなかった。

El oficial autorizado ya estaba en las escaleras.

権限のある警官はすでに階段にいた。

Apoyó la barbilla en la barandilla para mirar dentro de la casa.

彼は家の中を覗くために手すりに顎を乗せていた。

Al parecer quería echar un último vistazo al espectáculo.

どうやら彼はその光景を最後にもう一度見たかったようだ。

Y Gregor hizo un último esfuerzo para llegar hasta el gerente.

そしてグレゴールはマネージャーに連絡を取るために最後の努力をしました。

Corrió hacia la puerta tan seguro como pudo.

彼はできるだけ安全にドアに向かって走った。

Pero el jefe de oficina debía de sospechar algo.

しかし、事務長は何かを疑っていたに違いありません。

Porque saltó varios escalones y desapareció.

なぜなら彼は数段の階段を飛び降りて姿を消したからだ。

—¡Huh! —gritó Gregor, resonando en la escalera.

「ハッ！」グレゴールは階段の吹き抜けに響き渡るほど叫んだ。

La fuga del gerente también pareció confundir a su padre.

マネージャーの逃亡は父親も困惑させたようだ。

Hasta entonces había conseguido mantener la compostura.

彼はそれまで、なんとか冷静さを保っていた。

Pero desgraciadamente él también perdió la compostura que había tenido.

しかし残念なことに、彼もまた以前の平静さを失ってしまいました。

Lo que debería haber hecho es ayudar a Gregor en su
persecución.

彼がすべきだったのは、グレゴールの追跡を手助けする
ことだった。

Pero con una mano agarró el bastón del gerente.

しかし、彼はマネージャーの杖を片手に掴みました。

Y en la otra mano sostenía ahora un periódico.

そしてもう一方の手には新聞を持っていました。

Y ahora estorbó directamente a Gregor en su persecución.

そして彼は今やグレゴールの追跡を直接妨害した。

Se había colocado entre Gregor y la calle.

彼はグレゴールと通りの間に身を置いていた。

Golpeó el suelo con los pies y agitó el palo y el periódico.

彼は足を踏み鳴らし、棒と新聞紙を振り回した。

Y él estaba forzando activamente a Gregor a regresar a su
habitación.

そして彼はグレゴールを無理やり自分の部屋に戻そうと
した。

Ninguna de las peticiones que Gregor intentó hacer sirvió de
algo.

グレゴールが試みた要求はどれも役に立たなかった。

Porque ninguna de las peticiones que hizo fue entendida.

なぜなら彼の要求はどれも理解されなかったからだ。

Giró la cabeza hacia un ángulo más profundo y humilde.

彼は頭をもっと深く、もっと謙虚な角度に向けた。

Pero su padre respondió golpeando el suelo con más fuerza.

しかし、父親はさらに強く足を踏み鳴らして応えました
。

La madre abrió una ventana, a pesar del clima frío.

母親は涼しい天気にもかかわらず窓を開けた。

Y apretó su cara entre sus manos en el frío.

そして彼女は寒さの中で両手に顔を埋めた。

El viento ahora podría pasar por todo el apartamento.

風がアパート全体を通り抜けられるようになりました。

Una fuerte corriente de aire soplaba desde la escalera hacia el callejón.

階段から路地へ強い隙間風が吹いてきた。

Las cortinas se agitaban a causa del fuerte viento.

カーテンは強い風でひらひらと揺れていた。

Y el periódico sobre la mesa crujió con el viento.

そしてテーブルの上の新聞が風に吹かれてカサカサと音を立てた。

Incluso algunas hojas fueron arrastradas hasta el interior de la casa desde el exterior.

外から家の中に葉っぱが吹き込まれてきたこともありました。

El padre pateaba y empujaba sin descanso.

父親は足を踏み鳴らし、容赦なく押し続けた。

Y silbaba y hacía ruidos como lo haría un hombre salvaje.

そして彼は野生の男のようにシューという音を立てて騒ぎ立てた。

Pero Gregor aún no había practicado el caminar hacia atrás.

しかし、グレゴールはまだ後ろ向きに歩く練習をしていませんでした。

Incluso Gregor admitiría que este movimiento era mucho más lento.

グレゴールでさえ、この動きがずっと遅いことを認めるだろう。

Pero lo único que quería era la oportunidad de cambiar las cosas.

しかし彼が望んでいたのは、方向転換する機会だけだった。

Entonces se habría ido directamente a su habitación.

そうすれば彼はすぐに自分の部屋へ行ったでしょう。

Pero tenía demasiado miedo de impacientar a su padre.

しかし、彼は父親をイライラさせてしまうことを非常に恐れていた。

Y allí estaba la amenaza de un golpe con el palo.

そして棒で殴ると脅されました。

Un golpe así en la parte posterior de la cabeza podría ser fatal.

後頭部へのそのような打撃は致命的となる可能性がある。

Pero al final Gregor no tuvo otra opción.

しかし結局、グレゴールには他に選択肢が残されていなかった。

Se dio cuenta de que ni siquiera podía caminar hacia atrás en línea recta.

彼はまっすぐ後ろ向きに歩くことさえできないことに気づいた。

Empezó a girar tan rápido como pudo.

彼はできるだけ早く振り返り始めた。

Pero en realidad este movimiento giratorio era igualmente lento.

しかし、実際にはこの回転運動も同様に遅いものでした。

Y le siguieron las miradas ansiosas del padre.

そして父親の心配そうな視線が彼を追った。

Quizás el padre notó las buenas intenciones de Gregor.

おそらく父親はグレゴールの善意に気づいたのだろう。

Porque no le impidió darse la vuelta.

振り向くのを邪魔しなかったからだ。

Incluso utilizó la punta de su bastón para guiar la rotación.

彼は回転を誘導するためにスティックの先端さえ使いました。

¡Pero Gregor aún deseaba que su padre no le hubiera silbado!

しかし、グレゴールは、父親が自分に向かってヒス音を立てなければよかったのに、と今でも思っています。

El silbido sólo aumentó la confusión del momento.

そのシューという音はその場の混乱をさらに増すだけだった。

Y luego cometió un error y giró en la dirección equivocada.

そして彼は間違いを犯し、間違った方向に進んでしまいました。

Al final logró encarar el camino correcto.

結局、彼はようやく正しい方向を向くことができた。

Y estaba satisfecho con el progreso que había logrado.

そして彼は自分が成し遂げた進歩に満足していました。

Pero entonces el siguiente problema se hizo aún más evidente.

しかし、次の問題がさらに明らかになりました。

Su cuerpo era demasiado ancho para pasar fácilmente por la puerta.

彼の体は幅が広すぎて、簡単にドアを通り抜けることはできなかった。

En su estado actual el padre no se dio cuenta de esto.

父親は現状ではこれに気づかなかった。

Así que no se le ocurrió abrir más la puerta.

それで彼はドアをさらに開けようとは思わなかった。

Entonces habría habido suficiente espacio para Gregor.

そうすればグレゴールのための十分なスペースが確保できたでしょう。

Su única prioridad era conseguir que Gregor entrara a su habitación.

彼の唯一の優先事項はグレゴールを自分の部屋に連れて行くことだった。

Habría tenido que ponerse de pie para poder pasar por la puerta.

ドアを通るためには立ち上がらなければならなかっただろう。

Pero el padre no hubiera permitido tal maniobra.

しかし父親はそのような行為を許さなかっただろう。

De hecho, le estaba siseando aún más salvajemente que antes.

実際、彼は前よりもさらに激しく彼に向かってシューッと鳴いていた。

Sonaba como si más de un hombre le estuviera silbando.

それは、一人以上の男が彼に向かってシューッと鳴いているように聞こえた。

Sus demandas parecían tener una nueva urgencia detrás.

彼の要求の背後には新たな緊急性があるように思われた。

Realmente ya no había más tiempo para perder el tiempo.

今となっては、もうふざける時間などなかったのだ。

Pasara lo que pasara, Gregor tenía que atravesar la puerta.

何が起ころうとも、グレゴールはドアを通り抜けなけれ

ばならなかった。

Se abrió paso sin ningún respeto por sí mismo.

彼は自己を顧みることなく突き進んだ。

Un lado de su cuerpo fue empujado hacia arriba por el movimiento.

その動きによって彼の体の片側が上方に押し上げられた

。

Y él yacía torpe y torcido en el umbral de la puerta.

そして彼は戸口の間で不自然に曲がった姿勢で横たわっ

ていた。

Uno de sus flancos quedó en carne viva rozando la madera.

彼の脇腹の片方は木に擦り付けられて擦り切れていた。

Y había dejado feas manchas en la puerta pintada de blanco.

そして、白く塗られたドアに醜いシミを残していた。

Las piernas de uno de sus costados colgaban temblando en el aire.

片方の足は震えながら空中にぶら下がっていた。

Sus otras piernas estaban presionadas dolorosamente contra el suelo.

彼のもう一方の足は床に痛々しく押し付けられていた。

Pronto se quedaría atrapado completamente entre las puertas.

すぐに彼は完全にドアの間に挟まれてしまうだろう。

Y entonces no habría podido moverse en absoluto.

そうすると彼は全く動けなくなるでしょう。

Pero el padre le dio un fuerte empujón realmente liberador.

しかし、父親は息子を本当に解放する力強い後押しをしました。

Y cayó, sangrando profusamente, hasta el fondo de su habitación.

そして彼はひどく出血しながら部屋の奥深くに倒れ込んだ。

El padre cerró la puerta tras de sí con su bastón.

父親は杖で後ろのドアをバタンと閉めた。

Y finalmente hubo algo de paz y tranquilidad nuevamente.

そして、ようやく再び平穏と静寂が戻ってきました。

Gregor no se despertó hasta mucho más tarde ese mismo día.

グレゴールはその日のかなり遅い時間まで目覚めなかった。

Había anochecido; había dormido profundamente e inconscientemente.

夕暮れが訪れ、彼は深い眠りに落ちて、意識を失っていた。

Se habría despertado incluso sin que nadie lo hubiera molestado.

邪魔されなくても彼は目覚めただろう。

Porque se sentía suficientemente descansado y bien dormido.

なぜなら、彼は十分に休息し、よく眠れたと感じたからです。

Pero le pareció oír unos pasos fugaces afuera.

しかし、彼は外で何かの足音が聞こえたような気がした。

Y alguien podría haber cerrado cuidadosamente la puerta principal.

そして誰かが玄関のドアを慎重に閉めたかもしれません。

La luz del tranvía eléctrico se reflejaba pálidamente en el techo.

天井には電車の明かりが淡く灯っていた。

La parte superior del mueble también recibió un poco de luz.

家具の上部にも少し光が当たりました。

Pero allá abajo, a la altura de Gregor, estaba oscuro.

しかし、グレゴールの目の高さの地面の上は暗かった。

Sus piernas lo empujaron lentamente hacia la puerta nuevamente.

彼は再びゆっくりと足を動かしてドアの方へ進んだ。

Tenía mucha curiosidad por ver qué había sucedido allí.

彼はそこで何が起こったのかを非常に興味を持って見ました。

Pero su control de sus sensores aún no estaba desarrollado.

しかし、彼の触覚のコントロールはまだ発達していませんでした。

Aunque empezó a apreciar estos nuevos sensores.

彼はこれらの新しいセンサーを評価し始めました。

Una cicatriz larga y desagradable parecía recorrer su costado izquierdo.

彼の左側には長くて不快な傷跡が走っているようだった。

La cicatriz parecía como si apretara ese lado de su cuerpo.

その傷跡が彼の体のその側を締め付けるように感じた。

Y entonces tuvo que cojear literalmente sobre sus dos filas de piernas.

そして彼は文字通り二列の足を引きずって歩かなければなりませんでした。

Esa mañana una de sus piernas resultó gravemente herida.

その朝、彼の片足は重傷を負っていた。

Realmente fue un milagro que no se hubiera roto más piernas.

本当に、彼がそれ以上足を折らなかったのは奇跡だった
。

Y así arrastró sin vida su pierna herida.
そして彼は怪我をした足を力なく引きずりながら後ろに
進んだ。

Cuando llegó a la puerta se dio cuenta de algo profundo.
ドアに着いたとき、彼は何か重大なことに気づいた。

Fue el olor de algo lo que lo atrajo hasta allí.
彼をそこに誘い込んだのは何かの匂いだった。

A Gregor le habían dejado algo comestible en su habitación.
グレゴールの部屋には何か食べられるものが残されてい
た。

Trozos de pan blanco flotando en un cuenco de leche dulce.
甘いミルクの入ったボウルに白いパンのかけらが浮かん
でいます。

Apenas podía contener la alegría que había dentro de él.
彼は心の中の喜びを抑えることができなかった。

Ahora tenía incluso más hambre que por la mañana.
彼は朝よりもさらにお腹が空いていた。

Inmediatamente sumergió su cabeza en el cuenco de leche.
彼はすぐにミルクの入ったボウルに頭を浸しました。

La leche le salía casi por toda la cabeza, hasta los ojos.
ミルクは彼の頭のほぼ全体、目まで出てきました。

**Pero pronto echó la cabeza hacia atrás, amargamente
decepcionado.**
しかし、彼はすぐにひどく失望して頭を後ろに引っ込め
た。

Comer era difícil debido a su delicado lado izquierdo.

左側が弱っていたため、食事が困難でした。

Y sólo podía comer jadeando con todo su cuerpo.

そして、彼は全身を使って息を切らしながらしか食べる
ことができませんでした。

Pero esa no fue la verdadera razón de su decepción.

しかし、それが彼の失望の本当の理由ではなかった。

La leche siempre había sido uno de sus platos favoritos.

ミルクは昔から彼のお気に入りの料理の一つでした。

No tenía ninguna duda de que su hermana recordaba esto.

彼は妹がこのことを覚えていたことに疑いはなかった。

Y esa fue la razón por la que le había dado leche.

そしてそれが彼女が彼にミルクを与えた理由でした。

No podía explicar por qué ahora no le gustaba la leche.

彼はなぜ今は牛乳が嫌いなのか説明できなかった。

Y se apartó del cuenco casi con reticencia.

そして彼は、ほとんど気が進まなかったかのようにボウ
ルから背を向けた。

**Decepcionado, se arrastró de nuevo hasta el centro de la
habitación.**

彼はがっかりして、部屋の真ん中まで這って戻った。

Desde allí pudo ver a través de la rendija de la puerta.

ここで彼はドアの隙間から中を覗くことができた。

Pudo ver que el fuego en la sala de estar estaba encendido.

彼はリビングルームに火が灯っているのが見えた。

Generalmente a esta hora el padre leía el periódico.

たいていこの時間には父親が新聞を読んでいました。

Él siempre solía leerle a la madre en voz alta.

彼はいつも大きな声で母親に本を読んで聞かせていた。

A veces la hermana también escuchaba al padre.

時々、妹も父親の話を盗み聞きすることもあった。

Ella siempre le había contado a Gregor sobre esta lectura en voz alta.

彼女はいつもグレゴールにこの朗読について話していた。

Pero hoy no se oía ningún sonido en la habitación.

しかし、今日は部屋から音が聞こえませんでした。

Quizás este hábito ya había caído en desuso.

おそらくこの習慣はすでに廃れていたのでしょう。

Un profundo silencio se había apoderado de todo el apartamento.

深い静寂がアパート全体を覆っていた。

Aunque sabía que el apartamento ciertamente no estaba vacío.

彼はそのアパートが決して空ではないことを知っていた。

«¡Qué vida tan tranquila lleva la familia!», pensó Gregor.

「この家族は何て静かな暮らしをしているのだろう」とグレゴールは思った。

Y miró hacia la oscuridad con gran orgullo.

そして彼は大きな誇りを持って暗闇を見つめた。

Estaba orgulloso de la vida que había podido darles.

彼は彼らに与えることができた人生を誇りに思っていた。

Estaba orgulloso del hermoso apartamento en el que vivían.

彼は彼らが住んでいる美しいアパートを誇りに思っていた。

¿Pero toda esta paz estaba a punto de tener un final terrible?

しかし、この平和は恐ろしい終わりを迎えようとしてい
たのでしょうか?

¿Les iban a quitar su prosperidad?

彼らの繁栄は奪われるのでしょうか？

¿Su satisfacción ahora era incierta en el futuro?

彼らの満足感は将来不確実だったのでしょうか?

Pero él no quería perderse en tales pensamientos.

しかし彼はそんな考えに囚われて自分を見失いたくはな

かった。

Para mantenerse ocupado se arrastraba arriba y abajo por las paredes.

彼は暇つぶしに壁を登ったり下りたりした。

Durante la larga velada una puerta estaba entreabierta.

長い夜の間に、一つのドアが少しだけ開いた。

Y en otro momento la otra puerta se abrió un poquito.

そしてまた別の時に、もう一方のドアが少し開きました
。

Pero en ambas ocasiones las puertas se cerraron rápidamente de nuevo.

しかし、どちらの場合もドアはすぐに再び閉まりました
。

Estaba claro que alguien de fuera tenía el deseo de entrar.

明らかに外から誰かが侵入しようとしていた。

Pero también tenían demasiadas preocupaciones acerca de venir.

しかし、彼らは入国に関してあまりにも多くの懸念を抱
いていました。

Gregor ahora se detuvo directamente en la puerta de la sala de estar.

グレゴールはリビングルームのドアの前で立ち止まった
。

Estaba decidido a tentar de algún modo al indeciso visitante.
彼は、ためらっている訪問者を何とか誘惑しようと決心
した。

Y también quería saber quién había sido el visitante.
そしてまた、訪問者が誰であったかも知りたかったので
す。

Pero aquella noche la puerta no se abrió una tercera vez.
しかしその夜、ドアは3度目には開けられなかった。

Y Gregorio esperaba en vano junto a la puerta.
そしてグレゴールはドアのそばで待っていたが、無駄な
時間を過ごしてしまった。

Más temprano ese día todos querían entrar a la habitación.
その日の早い時間に、彼ら全員が部屋に入りたがってい
ました。

**Ahora que las puertas estaban desbloqueadas sería más fácil
para ellos.**
ドアの鍵が開いたので、彼らにとっては楽になっただろ
う。

Pero ellos prefirieron quedarse al otro lado de la habitación.
しかし彼らは部屋の反対側に留まることを選択しました
。

**Gregor se dio cuenta de que las llaves ya no estaban en sus
cerraduras.**
グレゴールは鍵がもう鍵穴に差し込まれていないことに
気づいた。

Alguien debe haber movido las llaves a la cerradura exterior.

誰かが鍵を外側の鍵穴に移動させたに違いありません。

Sólo tarde por la noche se apagó la luz de la sala de estar.

夜遅くになって初めてリビングルームの電気が消されました。

La familia debe haber permanecido despierta todo el tiempo.

家族はずっと起きていたに違いない。

Y Gregor podía oírlos claramente alejándose de puntillas.

そしてグレゴールは彼らがつま先立ちで立ち去る音をはっきりと聞き取ることができた。

Ahora nadie vendría a ver a Gregor hasta la mañana.

今では朝まで誰もグレゴールのところに来ないだろう。

Así que tuvo mucho tiempo para sí mismo, para pensar sin interrupciones.

それで彼は邪魔されずに考える長い時間を一人で持つことができた。

¿Cuál sería la mejor manera de reorganizar su vida ahora?

今、彼の人生を立て直す最善の方法は何でしょうか?

Pero las altas paredes de la habitación vacía lo asustaban.

しかし、何もない部屋の高い壁が彼を怖がらせた。

No le quedó más remedio que tumbarse en el suelo.

彼は地面に横たわるしか選択肢がなかった。

Y nunca encontró la causa de su miedo en ese espacio.

そして彼はその空間における恐怖の原因を決して見つけることはなかった。

Era la misma habitación en la que había vivido durante cinco años.

それは彼が5年間住んでいたのと同じ部屋でした。

Medio inconscientemente hizo un movimiento hacia el sofá.

彼は半ば無意識にソファの方へ動いた。

Y sin ninguna vergüenza se escondió debajo del sofá.

そして彼は何の恥ずかしさも感じることなくソファの下
に隠れました。

Allí abajo se sintió inmediatamente de nuevo muy a gusto.

そこで彼はすぐに再び非常に心地よく感じました。

A pesar de que tenía la espalda un poco presionada.

背中が少し押されていたにもかかわらず。

Ya no podía levantar la cabeza debajo del sofá.

彼はソファーの下で頭を上げることもできなくなってい
た。

Pero incluso esto lo prefería a estar en cualquier espacio abierto.

しかし、彼はどんなオープンエリアにいるよりも、この
場所を好んだ。

Sin embargo, lamentó que su cuerpo fuera tan ancho.

しかし、彼は自分の体が太すぎることを残念に思ってい
た。

El sofá no podía cubrir completamente todo su cuerpo.

ソファは彼の体全体を完全に覆うことはできなかった。

Se quedó debajo del sofá toda la noche.

彼は一晩中ソファの下にいた。

La noche la pasó medio dormido, perturbado por el hambre.

彼は空腹に悩まされ、半分眠ったままの夜を過ごした。

Y el tiempo que estaba despierto lo pasaba preocupado o esperanzado.

そして、目覚めている間、彼は心配したり、希望を持っ
たりして過ごしました。

Pero todas sus vagas esperanzas llevaron a la misma conclusión.

しかし、彼の漠然とした希望はすべて同じ結論に至った。

No tuvo más remedio que permanecer en silencio por el momento.

今のところ彼には黙っているしか選択肢がなかった。

Tuvo que mostrar paciencia y consideración hacia la familia.

彼はその家族に対して忍耐と配慮を示さなければならなかった。

Era la única manera de hacer soportable el inconveniente.

それが不便を耐えられるものにする唯一の方法だった。

Los inconvenientes que ahora estaba causando a la familia.

彼は今、その不便を家族に強いている。

No tuvo que esperar mucho para demostrar su compasión.

彼は自分の同情心を証明するのに長く待つ必要はなかった。

Temprano por la mañana la hermana miró dentro de su habitación.

朝早く、妹は彼の部屋を覗いた。

Aunque en realidad era tan de noche como de mañana.

実際のところ、それは朝であると同時に夜でもありました。

Ella estaba completamente vestida y parecía mostrar entusiasmo.

彼女はきちんと服を着ており、興奮しているようでした。

La fuerza de su nueva decisión podría ser puesta a prueba.

彼の新たな決意の強さが試されるかもしれない。

Ella no lo encontró inmediatamente con su primera mirada.

彼女は一目見ただけではすぐに彼を見つけることができませんでした。

Tenía que estar en algún lugar, no podía haber volado.

彼はどこかにいるはずだった。飛んで行ってしまったはずはない。

Pero entonces sus ojos hicieron un segundo recorrido por la habitación.

しかし、そのとき、彼女の視線は再び部屋を見渡した。

Y esta vez vio su torso debajo del sofá.

そして今度は彼女はソファーの下に彼の胴体を見つけた。

Estaba tan asustada que perdió todo el control de sí misma.

彼女はとても怖かったので自制心を完全に失ってしまった。

Y su primera reacción fue cerrar la puerta de golpe.

そして彼女の最初の反応は、再びドアをバタンと閉めることでした。

Pero también pareció arrepentirse inmediatamente de su comportamiento.

しかし、彼女はすぐに自分の行動を後悔したようでした。

Tan pronto como cerró la puerta de golpe, la abrió de nuevo.

彼女はドアをバタンと閉めるとすぐに、またドアを開けた。

Y esta vez entró de puntillas en la habitación con cuidado.

そして今度は彼女はそっと爪先立ちで部屋に入っていった。

Se movía como si estuviera visitando a una persona gravemente enferma.

彼女はまるで重病の患者を見舞っているかのような動きをした。

O tal vez estaba visitando a un completo desconocido.

あるいは、彼女はまったく見知らぬ人を訪ねていたのかもしれません。

Gregor empujó su cabeza casi hasta el borde del sofá.

グレゴールはソファの端のあたりまで頭を押し付けた。

Y desde debajo de la caja fuerte la observaba en la habitación.

そして金庫の下から、彼は部屋にいる彼女を監視し続けた。

¿Se daría cuenta de que había dejado la leche?

彼女は彼がミルクを置いていったことに気づくだろうか？

No había dejado la leche por falta de hambre.

彼は空腹がなかったからミルクを飲まなかったわけではない。

¿En lugar de eso le traería comida diferente?

彼女は代わりに別の食べ物を持ってくるつもりだったのでしょうか?

Quizás un plato que se ajustara mejor a sus preferencias.

おそらく彼の好みにもっと合った料理でしょう。

Pero ella misma habría tenido que notar su apetito.

しかし、彼女自身が彼の食欲に気付かなければならなかっただろう。

Preferiría morir de hambre antes que hacerle saber eso.

彼は彼女にそれを知らせるくらいならむしろ飢え死にし
たいと思った。

En realidad le habría gustado mucho decírselo.

実際、彼は彼女にそれを伝えたかったのです。

Estuvo realmente tentado de disparar desde debajo del sofá.

彼は本当にソファの下から飛び出したい衝動に駆られま
した。

Quería arrojarse a los pies de su hermana.

彼は妹の足元にひれ伏したかった。

Y quiso pedirle algo bueno para comer.

そして彼は彼女に何かおいしいものを食べたいと頼みた
かったのです。

Pero entonces la hermana miró hacia el cuenco de leche.

しかしそのとき、妹はミルクの入ったボウルのほうに目
を向けました。

Inmediatamente se dio cuenta de que el cuenco todavía estaba lleno.

彼女はすぐにボウルがまだいっぱいであることに気づき
ました。

Le sorprendió bastante que Gregor no hubiera comido nada.

彼女はグレゴールが何も食べていなかったことにかなり
驚いた。

Sólo se había derramado un poco de leche en el suelo.

床に少しだけミルクがこぼれていました。

Inmediatamente cogió el cuenco y lo sacó.

彼女はすぐにボウルを拾い上げて、持ち去りました。

Él vio que ella no recogió el cuenco con sus propias manos.

彼は彼女が素手でボウルを拾わなかったことに気づいた
。

En lugar de eso, recogió el cuenco con uno de los trapos.
代わりに彼女はぼろ布の1枚を使ってボウルを拾い上げ
ました。
Pero Gregor se olvidó muy rápidamente de este pequeño detalle.
しかし、グレゴールはこの些細なことをすぐに忘れてし
まいました。
Ahora estaba mucho más entusiasmado por otra cosa.
彼は今、別のことにとても興奮していた。
¿Qué podría traer como reemplazo de la leche?
彼女はミルクの代わりに何を持ってくるのでしょうか？
Tenía varios pensamientos sobre lo que ella podría traer.
彼女が何をもたらすかについて彼はいろいろ考えていた
。

Pero la bondad de su hermana superó sus expectativas.
しかし、妹の優しさは彼の予想を上回るものでした。
Se dio cuenta de que tenía que probar cuáles eran sus nuevos gustos.
彼女は彼の新しい嗜好が何であるかを試さなければなら
ないことに気づいた。
Así que trajo toda una selección de alimentos diferentes.
それで彼女はいろいろな種類の食べ物を持ってきました
。

Verduras medio podridas, huesos de la cena.
半分腐った野菜、夕食の骨。
Salsa solidificada de la otra comida que habían comido.

以前食べた食事のソースが固まっていました。

Unas pasas, unas almendras, pan seco, pan con mantequilla.

レーズン少々、アーモンド少々、乾いたパン、バターパ
ン。

Un poco de pan untado con mantequilla y también con sal.

バターを塗って塩も振ったパン。

**Queso que Gregor había declarado incomestible hacía dos
días.**

グレゴールが2日前に食べられないと宣言したチーズ。

Toda esta selección de comida fue colocada en un periódico.

この厳選された食べ物はすべて新聞に掲載されました。

**Y también colocó un recipiente con agua al lado de sus
comidas.**

そして彼女は彼の食事の横に水を入れたボウルも置きま
した。

Ella sabía que Gregor no habría comido delante de ella.

彼女はグレゴールが自分の前で食事をするはずがないこ
とを知っていた。

**Entonces, por respeto hacia él, salió nuevamente de la
habitación.**

それで、彼に対する敬意から、彼女は再び部屋を出て行
きました。

Y hasta giró la llave en la cerradura al salir.

そして彼女は出て行くときに鍵を回したのです。

**Pero ella giró la llave muy silenciosamente y con mucho
cuidado.**

しかし彼女はとても静かに、そして慎重に鍵を回しまし
た。

De esta manera sólo Gregor sabría que la puerta estaba cerrada.

こうすれば、ドアがロックされていることを知るのはグレゴールだけになります。

Ahora podía ponerse tan cómodo como quisiera.

今、彼は自分の望むだけ快適に過ごすことができました。

Las piernas de Gregor zumbaban cuando llegó la hora de comer.

食事の時間になると、グレゴールの足はうなり声をあげた。

Lo que vale la pena destacar es que ya no sentía ninguna molestia.

注目すべきは、彼がもはや何の不快感も感じていないということだ。

Sus heridas deben haber sanado ya por completo.

彼の傷はすでに完全に癒えているに違いない。

Porque ya no sentía sus discapacidades anteriores.

以前の障害をもう感じなくなったからです。

Su nueva capacidad de curar lo sorprendió y lo asombró.

彼の新たな治癒能力は彼を驚かせ感動させた。

Hace más de un mes se cortó el dedo con un cuchillo.

一ヶ月以上前、彼はナイフで指を切った。

Hasta hace dos días esa herida todavía le dolía.

二日前までその傷はまだ痛んでいた。

"¿Soy mucho menos sensible ahora?" pensó para sí mismo.

「僕は以前より鈍感になったのだろうか？」と彼は心の中で思った。

Para entonces ya estaba chupando con avidez el queso.

この時までに、彼はすでに貪欲にチーズを舐めていた。

Se sintió atraído por el queso más que por el resto de la comida.

彼は他の食べ物よりもチーズに惹かれた。

Comió rápidamente un trozo de queso tras otro.

彼はチーズを次々と素早く食べた。

Sus ojos se llenaron de lágrimas de satisfacción al probarlo.

その味に満足して彼は涙を浮かべた。

Después del queso comió las verduras y la salsa.

チーズを食べた後、野菜とソースを食べました。

Sin embargo, la comida fresca no le sabía bien.

しかしながら、その新鮮な食べ物は彼にとって美味しくなかった。

De hecho, ni siquiera podía soportar el olor de la comida fresca.

実際、彼は新鮮な食べ物の匂いさえ我慢できなかった。

Incluso arrastró el resto de la comida lejos de la comida fresca.

彼は新鮮な食べ物から他の食べ物を引き離しさえしました。

Y muy rápidamente terminó la comida más comestible.

そして、彼は食べられる食べ物をあっという間に食べ終えました。

Toda aquella deliciosa comida tuvo sobre él un efecto soporífero.

おいしい食べ物はすべて彼に催眠効果をもたらした。

Y él permaneció acostado perezosamente en el lugar donde había comido.

そして彼は食事をした場所に怠惰に横たわった。

Finalmente su hermana regresó para ver cómo estaba nuevamente.

結局、妹が再び彼の様子を見に来ました。

Tuvo la previsión de girar la llave muy lentamente.

彼女は先見の明を持って、鍵をゆっくりと回した。

Esto le dio a Gregor una advertencia de que debía retirarse.

これによりグレゴールは撤退すべきだという警告を受けた。

Aturdido y sobresaltado, se apresuró a volver debajo del sofá.

彼はびっくりしてぼうっとしながら、急いでソファーの下に逃げ込んだ。

Pero quedarse debajo del sofá no fue tan fácil esta vez.

しかし、今回はソファの下に留まるのはそれほど簡単ではありませんでした。

Su cuerpo se había vuelto un poco redondeado por tanta comida.

食べ過ぎで彼の体はちょっと丸くなっていた。

Y tuvo que controlarse para no quedarse sin nada otra vez.

そして彼は、再び逃げ出さないように自分を抑えなければなりませんでした。

Aunque la hermana no permaneció mucho tiempo en la habitación.

妹は部屋に長く留まらなかったにもかかわらず。

Le costaba respirar en ese estrecho espacio.

彼はその狭い空間の下で呼吸するのに苦労していました。

Pero él siguió adelante a pesar de los pequeños ataques de asfixia.

しかし彼は、ちょっとした息苦しさを乗り越えた。

Con ojos desorbitados observaba las actividades de la hermana.

彼は目を丸くして妹の行動を観察した。

La hermana desprevenida vertió todo en un balde.

何も知らない妹は、すべてをバケツに注ぎました。

Ella no sólo se deshizo de la comida que Gregor no había comido.

彼女はグレゴールが食べなかった食べ物を処分しただけではなかった。

Pero también se deshizo de la comida que él no había tocado.

しかし彼女は、彼が触れなかった食べ物も処分してしまった。

Al parecer esa comida ya no era comestible para nadie.

どうやらその食べ物はもう誰にも食べられなくなってしまったようです。

Luego cerró el cubo de comida con una tapa de madera.

それから彼女は餌の入ったバケツを木の蓋で閉じました。

Y con la comida, el balde y el trapeador, se fue.

そして彼女は食べ物とバケツとモップを持って立ち去りました。

Gregor no habría podido esperar mucho más tiempo.

グレゴールはもうこれ以上待つことはできなかっただろう。

Tan pronto como ella se fue, él se escapó de debajo del sofá.

彼女が去るとすぐに彼はソファーの下から逃げ出した。

Y se estiró y resopló aliviado.

そして彼は体を伸ばして、安堵のため息をついた。

Así recibía Gregorio comida de vez en cuando.

これから先もグレゴールはこうして時々食べ物を受け取ることになる。

Su hermana le dio de comer una vez temprano en la mañana.

彼の妹は一度、朝早くに彼に食べ物を与えた。

A esta hora los padres y la criada todavía dormían.

この時間、両親とメイドはまだ眠っていました。

Y recibió una segunda comida después de que todos almorzaron.

そして、全員が昼食をとった後、彼は二度目の食事を受け取りました。

Porque en ese momento los padres también durmieron un rato.

なぜなら、その時間には両親もしばらく寝ていたからです。

Y la doncella fue enviada por su hermana a hacer algún recado.

そしてメイドさんは姉さんから何かの用事で出かけさせられました。

Ciertamente no tenían intención de dejar morir de hambre a Gregor.

彼らはグレゴールを飢えさせるつもりなどなかったのだ。

Pero tampoco hubieran querido verlo comer.

しかし、彼らも彼が食べるのを見たくはなかったでしょう。

Lo que mencionó la hermana fue suficiente información.

姉が言ったことは十分な情報でした。

Quizás era su manera de ahorrarles dolor a los padres.

おそらくそれが、両親を悲しませない彼女のやり方だったのでしょう。

Ya habían sufrido bastante por sus acciones.

彼らはすでに彼の行為によって十分に苦しんでいた。

El primer día se iba convirtiendo poco a poco en un recuerdo lejano.

最初の日は徐々に遠い思い出になりつつありました。

Gregor no tenía forma de saber lo que pasó ese día.

グレゴールはその日に何が起こったのか知る由もなかった。

¿Cómo fue guiado el cerrajero fuera del apartamento?

鍵屋はどうやってアパートの外に案内されたのですか？

¿Con qué excusas quedó finalmente satisfecho el médico?

医者は最終的にどんな言い訳で満足したのでしょうか？

No había encontrado ningún modo de hacerse entender.

彼は自分の意見を理解してもらう方法を全く見つけられなかった。

Ni siquiera logró comunicarse con su hermana.

彼は妹とコミュニケーションを取ることさえできなかった。

Y entonces pensaron que no podía entenderlos.

それで彼らは、彼には自分たちの言っていることが理解できないのだと考えました。

Y por eso no se hizo ningún esfuerzo para hablar con él.

そのため、彼と話をする努力は行われなかった。

Su hermana entraba en su habitación todas las mañanas y a la hora del almuerzo.

彼の妹は毎朝と昼食に彼の部屋に来ました。

Pero él tuvo que contentarse con escuchar sus suspiros.

しかし彼は彼女のため息を聞くだけで満足しなければならなかった。

Más tarde se acostumbró un poco más a la forma de Gregor.

その後、彼女はグレゴールの姿に少し慣れてきました。

Y se sintió un poco más libre para hacer más comentarios.

そして彼女は、より多くの発言をする自由が少し増えたと感じました。

(Aunque nunca se acostumbraría del todo a él.)

（彼女は決して彼に完全に慣れることはなかったが。）

Y entonces Gregor se sintió nuevamente hablado un poco más.

そして、グレゴールはまた少しだけ話しかけられているように感じた。

Y captó lo que percibió como comentarios amistosos.

そして彼は、友好的なコメントだと認識したものを聞きました。

"Disfrutó su comida hoy" o "comió todo".

「彼は今日食事を楽しんでいました」または「彼はすべて食べました。」

Pero eso fue sólo cuando hubo comido toda su comida.

しかし、それは彼が食べ物を全部食べた後のことでした。

Pero últimamente esto se está volviendo cada vez menos frecuente.

しかし、最近ではこれがますます稀になってきました。

"Apenas tocaba la comida", decía ella con más frecuencia ahora.

「彼はほとんど食事に手をつけなかった」と彼女は今で
はよく言うようになった。

Y había un toque de tristeza en su voz cada vez.

そして、彼女の声には毎回、少しの悲しみが込められて
いました。

**Gregor no pudo escuchar ninguna otra noticia más
directamente.**

グレゴールはこれ以上直接的にニュースを聞くことはで
きなかった。

Pero escuchó muchas noticias de las habitaciones contiguas.

しかし、彼は隣の部屋からたくさんのニュースを耳にし
ました。

Al oír voces corrió hacia la puerta correspondiente.

彼は声を聞くと、対応するドアまで走って行きました。

Y apretó todo su cuerpo contra la puerta para escuchar.

そして彼は聞くために全身をドアに押し付けた。

**Todas las conversaciones le concernían de una manera u
otra.**

すべての会話は何らかの形で彼に関わるものだった。

Incluso cuando el tema parecía ser sobre otra cosa.

話題が何か別のことに関するものであるように思えたと

しても。

**Esta observación fue especialmente cierta en los primeros
tiempos.**

この観察は初期の頃には特に当てはまりました。

Durante cada comida repetían la misma discusión.

食事のたびに彼らは同じ議論を繰り返した。

**Todavía no estaban seguros de cómo comportarse a su
alrededor.**

彼らはまだ彼の周りでどのように振る舞うべきか確信が
持てなかった。
Pero el mismo tema también se discutió entre comidas.
しかし、食事の合間にも同じ話題が話し合われました。
Porque siempre había dos miembros de la familia en casa.
なぜなら家にはいつも家族が二人いたからです。
Nadie quería quedarse solo en la casa.
誰も一人で家の中に居たくなかった。
Pero dejar el piso vacío tampoco era una opción.
しかし、アパートを空のままにしておくことも考えられ
ませんでした。
La criada era la única que no estaba atada al apartamento.
メイドだけがアパートに縛られていなかった。
Ella ya había pedido irse el primer día.
彼女はすでに初日に退去を申し出ていた。
Ella se puso de rodillas y pidió que la despidieran.
彼女はひざまずいて解雇を懇願した。
La familia no sabía cuánto sabía realmente la criada.
家族はメイドが実際にどれだけのことを知っているのか
知らなかった。
En ese momento ella no había visto más que nadie.
その段階では、彼女は他の誰よりも多くのことを見てい
たわけではない。
Lo sucedido todavía era un misterio para la familia.
何が起こったのかは、家族にとって依然として謎のまま
だった。
Pero un cuarto de hora después se despidió.
しかし15分後、彼女は別れを告げた。

Y agradeció a la familia con lágrimas en los ojos.

そして彼女は目に涙を浮かべながら家族に感謝の意を表した。

Pero en realidad les agradeció por haberla liberado.

しかし、彼女は本当に、自分を解放してくれたことに感謝していた。

Parecían haberle mostrado la mayor bondad.

彼らは彼女に最大限の親切を示したようだった。

Incluso hizo un juramento sin que se lo pidieran.

彼女は頼まれもしないのに誓いを立てた。

Dijo que no le contaría a nadie lo que había sucedido.

彼女は何が起こったのかを誰にも話さないと言った。

Ahora la hermana tenía que cocinar junto con su madre.

今では妹は母親と一緒に料理をしなければならなくなりました。

Pero esto realmente no era un gran inconveniente.

しかし、これはそれほど不便ではありませんでした。

Porque de todas formas los dos no comían casi nada.

だって二人ともほとんど何も食べなかったから。

Gregor escuchó una y otra vez la misma conversación.

グレゴールは何度も同じ会話を耳にした。

Una persona le decía a otra que tenía que comer más.

一人がもう一人に、もっと食べなくてはいけないと言っていました。

Pero esa persona no recibió ninguna respuesta de la persona.

しかし、その人はその人から何の返事も受け取りませんでした。

"Gracias, tengo suficiente", o algo similar.

「ありがとう、もう十分だよ」とか、似たような感じ。

Quizás ya no bebían nada tampoco.

彼らももう何も飲んでいないのかもしれない。

La hermana a menudo le preguntaba a su padre si quería cerveza.

妹はよく父親にビールが欲しいかどうか尋ねた。

Y ella misma se ofreció calurosamente a ir a buscar la cerveza.

そして彼女は、ビールを自分で取りに行くと温かく申し出てくれました。

El padre siempre permanecía en silencio ante su petición.

父親は彼女の要求に対していつも沈黙を守った。

Así que la hermana tuvo que encontrar una manera de eliminar cualquier duda.

それで、姉は疑いを払拭する方法を見つけなければなりませんでした。

Y ella dijo que enviaría a la criada a buscar algo de cerveza.

そしてメイドにビールを買いに行かせると言いました。

Pero entonces el padre finalmente dijo un gran y rotundo "no".

しかし、父親はついに大きな声で「だめだ」と言いました。

Luego ya no se volvió a mencionar el tema de tomar una cerveza.

それから、彼がビールを飲んでいるという話題は出なくなりました。

Ya había explicado anteriormente la situación financiera.

彼は以前にすでに財政状況について説明していた。

De hecho, mencionó las finanzas el primer día.

実際、彼は初日に財政について言及しました。

Les hizo saber perfectamente cuáles eran las perspectivas.

彼は彼らに将来の見通しがどのようなものかを十分理解させた。

Su propio negocio se había derrumbado hacía unos cinco años.

彼自身の事業は約5年前に倒産した。

De vez en cuando se levantaba para abandonar la mesa.

彼は時々立ち上がってテーブルを離れた。

Y se dirigió a la caja registradora de su antiguo negocio.

そして彼は以前勤めていた会社のレジへ向かいました。

Había salvado la caja registradora por sentimentalismo.

彼は感傷からそのレジを取っておいた。

Gregor lo oyó abrir una cerradura pesada y complicada.

グレゴールは彼が重くて複雑な錠を開ける音を聞いた。

Y sacó recibos y libros de la caja.

そして金庫から領収書や本を取り出しました。

Después de tomar los objetos volvió a cerrar la caja fuerte.

彼は品物を持ち去った後、再び金庫に鍵をかけた。

Gregor no había tenido buenas noticias desde su encarcelamiento.

グレゴールは投獄されて以来、良い知らせを聞いていなかった。

Pensó que el negocio había llevado a la quiebra a su padre.

彼はその事業のせいで父親が破産したと思った。

El padre seguramente le había dado esa impresión a Gregor.

父親は確かにグレゴールにそのような印象を与えた。

Y Gregor nunca le preguntó más sobre las finanzas.

そしてグレゴールは彼に財政についてそれ以上尋ねるこ
とはなかった。

Gregor quería hacer todo lo posible para ayudar a la familia.
グレゴールは家族を助けるためにできる限りのことをし
たいと考えていた。

Quería ayudarlos a olvidar la desgracia empresarial.
彼は彼らがビジネス上の不幸を忘れられるよう手助けし
たいと考えていた。

La quiebra que provocó la desesperanza más completa.
完全な絶望をもたらした破産。

Así que empezó a trabajar con una pasión muy especial.
そこで彼は特別な情熱を持って働き始めました。

Se había convertido en un vendedor ambulante casi de la noche a la mañana.
彼はほぼ一夜にして巡回セールスマンになった。

Antes de eso, sólo había trabajado como empleado con un salario bajo.
それまで彼は低賃金の事務員として働いていた。

Ahora tenía oportunidades de ingresos completamente diferentes.
今、彼には全く異なる収入機会が与えられました。

Las ventas exitosas podrían convertirse inmediatamente en efectivo.
販売が成功すれば、すぐに現金化できます。

El dinero en efectivo, por supuesto, se paga con sus comisiones.
もちろん、その現金は彼の手数料から支払われます。

Ahora Gregor podía poner dinero en la mesa familiar.

今やグレゴールは家族の食卓にお金を置くことができる
ようになった。

Y estaban asombrados y contentos con sus ganancias.
そして彼らは彼の収入に驚き、喜びました。

Pero esos tiempos hermosos no se repetirán nuevamente.
しかし、あの美しい時間は二度と繰り返されることはな
いだろう。

Apenas se habían acostumbrado a esos buenos tiempos.
彼らはこの楽しい時間にようやく慣れてきたところだっ
た。

Cada día de pago la familia aceptaba el dinero con gratitud.
給料日になると、家族は感謝してお金を受け取りました
。

Y Gregor estaba igualmente feliz de entregar el dinero.
そしてグレゴールも同様に喜んでお金を渡した。

**Pero el cálido afecto que recibía a cambio fue muriendo
lentamente.**
しかし、その返礼として与えられた温かい愛情は徐々に
消えていった。

**Sólo su hermana permaneció tan cerca de Gregor como
antes.**
グレゴールと以前と同じように親しかったのは妹だけだ
った。

**Ella, a diferencia de Gregor, tenía un profundo aprecio por la
música.**
彼女はグレゴールと違って、音楽に対して深い愛着を持
っていた。

Y ella sabía tocar el violín de una manera muy conmovedora.

そして彼女はバイオリンをとても感動的に演奏すること
ができました。
Gregor planeó en secreto enviarla a la escuela de música.
グレゴールは密かに彼女を音楽学校に送る計画を立てて
いた。
Aún no había decidido cómo pagaría los gastos.
彼はまだ費用をどうやって支払うか決めていなかった。
Pero de una forma u otra cubriría los costos.
しかし、彼は何らかの方法でその費用を負担するつもり
だ。
**De vez en cuando Gregor y su familia hacían pequeños
viajes.**
時々、グレゴールと家族は短い旅行に出かけました。
Gregor y su hermana abordaron este tema con frecuencia.
グレゴールと妹はよくその話題を持ち出した。
Pero sólo se mencionó como una idea maravillosa.
しかし、それは素晴らしいアイデアとしてしか言及され
ていませんでした。
Realmente no creían que el sueño pudiera realizarse.
彼らはその夢が実現できるとは本当に信じていなかった
。
Y a los padres no les gustaban esas ambiciones fantasiosas.
そして両親はそのような空想的な野望を好まなかった。
Incluso cuando el tema se planteó de manera muy inocente.
たとえその話題が非常に無邪気に持ち出されたとしても
。
Pero Gregor seguía pensando en la escuela de música.
しかしグレゴールは音楽学校のことを考え続けました。

Y tenía pensado anunciar el regalo en Nochebuena.

そして彼はクリスマスイブにプレゼントを発表するつもりでした。

Por supuesto, en su estado actual sería imposible.

もちろん彼の現在の状態ではそれは不可能だろう。

Pero ese tipo de pensamientos pasaban por su cabeza.

しかし、そんな考えが彼の頭の中をよぎった。

Y tenía estos pensamientos mientras escuchaba a la familia.

そして、彼は家族の話を聞きながら、そんなことを考えました。

A veces se cansaba demasiado para seguir escuchándolos.

時々、彼は疲れすぎて聞き続けることができなくなった。

Su cabeza cayó contra la puerta por el cansancio.

彼は疲れのせいで頭をドアに打ち付けた。

Pero inmediatamente volvió a apoyar la cabeza contra la puerta.

しかし彼はすぐにまたドアに頭を押し付けた。

Porque incluso el ruido más leve se podía oír afuera.

なぜなら、ほんのわずかな音でも外から聞こえてくるからです。

Y cualquier ruido que hacía hacía que la familia se quedara en silencio.

そして彼が何か音を立てると、家族は静まり返ってしまう。

"¿Qué está haciendo ahora?" preguntó el padre a la familia.

「彼は今何をしているのですか？」父親は家族に尋ねた。

Y fue a la puerta para comprobar qué era aquel ruido.

そして彼は何の音なのか確かめるためにドアのところへ
行きました。

**Y luego la conversación interrumpida se reanudó
gradualmente.**

そして、中断されていた会話は徐々に再開された。

Pero lo que dijo el padre sorprendió positivamente a todos.

しかし、父親が言ったことは皆を大いに驚かせた。

Gregor ahora conoció la verdadera situación de las finanzas.

グレゴールは今や財政の本当の状況を知った。

A pesar de todas las desgracias, hubo algo de buena suerte.

あらゆる不幸にもかかわらず、幸運もありました。

**Aún quedaba allí una muy pequeña fortuna de los viejos
tiempos.**

昔のほんの少しの財産がまだそこに残っていました。

El padre explicó las cosas, pero tuvo que repetirlas.

父親は説明をしましたが、同じことを繰り返さなければ
なりませんでした。

Porque hacía tiempo que no se ocupaba de estas cosas.

なぜなら、彼はしばらくの間、これらの事柄に取り組ん
でいなかったからです。

Y porque la madre no entendía tales cosas.

そして母親はそのようなことを理解していなかったから
です。

Los tipos de interés del banco habían subido un poco.

銀行の金利が少し上がった。

El dinero intacto había aumentado más de lo esperado.

手つかずのお金が予想以上に増えた。

Además Gregor siempre les había dado sus ahorros.

さらに、グレゴールはいつも彼らに貯金を与えていた。

Sólo había conservado unos pocos florines para sí.

彼は自分のためにほんの数ギルダーだけ残していた。

Y su dinero aún no se había agotado por completo.

そして彼のお金もまだ完全には使い果たされていなかっ

た。

En conjunto, este dinero se había acumulado hasta formar un pequeño capital.

このお金が集まって小さな資本になりました。

Gregor, detrás de su puerta, asintió con entusiasmo ante la noticia.

グレゴールはドアの後ろにいて、その知らせに熱心にう

なずいた。

Le agradó esta inesperada cautela y frugalidad.

彼はこの予想外の慎重さと倹約に喜んだ。

Los fondos sobrantes podrían haberse utilizado para pagar la deuda.

余剰資金は債務の返済に充てられたはずだ。

Entonces ya no le deberían nada al patrón.

そうすれば、彼らはもはや上司に対して何も借りがなく

なるでしょう。

Y Gregor podría haber cambiado de trabajo mucho antes.

そしてグレゴールはもっと早く新しい仕事に移ることが

できたはずだ。

Pero ahora la manera como el padre lo dispuso estaba mucho mejor.

しかし、父親のやり方は今ではずっと良くなっていまし

た。

El dinero no era suficiente para vivir de los intereses.

そのお金は利子だけで生活するには十分ではありません
でした。

Y había que reservar algo de dinero para emergencias.

そして、緊急事態に備えていくらかのお金を取っておく
必要がありました。

Sólo habría sido suficiente dinero para uno o dos años.

それは1、2年分だけのお金だったでしょう。

Esto significaba que alguien tenía que ganar dinero para que pudieran vivir.

つまり、彼らが生活していくためには誰かがお金を稼が
なければならないということです。

El padre no estaba enfermo y era bastante fuerte.

父親は健康に問題がなく、十分に強かった。

Pero llevaba más de cinco años sin trabajo.

しかし、彼は5年以上も失業していた。

Y, debido a su edad, le quedaba poca confianza en sí mismo.

そして、年齢のせいで、彼にはほとんど自信が残ってい
ませんでした。

También había engordado mucho en los últimos tiempos.

彼は最近体重もかなり増えていた。

Su vida siempre había sido ardua y sin éxito.

彼の人生は常に困難と失敗に満ちていた。

Y éstas habían sido las primeras vacaciones que había tenido.

そして、これが彼にとって生まれて初めての休日だった
。

Y sin estar ocupado se había vuelto bastante torpe.

そして、忙しくしていなかったため、彼はすっかり不器用になってしまった。

¿Sería mejor si la anciana madre ganara el dinero?

年老いた母親がそのお金を稼いだほうが良いでしょうか？

La anciana madre que sufría de asma.

喘息を患っていた年老いた母親。

La anciana madre que luchaba por subir las escaleras.

階段を上るのに苦労する老いた母親。

La anciana madre que pasaba el tiempo tumbada en el sofá.

ソファーに横になって時間を過ごしていた年老いた母親。

La anciana madre que prefería quedarse junto a la ventana.

窓のそばにいることを好んだ年老いた母親。

Para poder recuperar el aliento cuando lo necesitara.

必要なときに息を整えることができるように。

¿Sería mejor si la hermana joven ganara el dinero?

妹がそのお金を稼いだ方が良いでしょうか？

La hermana, que a sus diecisiete años era todavía apenas una niña.

妹は17歳で、まだ子供でした。

La hermana que sólo tuvo unos pocos placeres modestos.

ほんの少しのささやかな楽しみしか持たない妹。

La hermana a quien le gustaba principalmente tocar el violín.

主にバイオリン演奏を楽しんでいた妹。

Ella sabía que su anterior forma de vida era muy envidiable;

彼女は、自分の以前の生き方がとてもうらやましいものだと知っていました。

Vestirse bien, levantarse tarde, ayudar en la casa.

きちんとした服装をし、遅く起き、家事を手伝います。

La conversación a menudo giraba en torno a la necesidad de ganar dinero.

会話はしばしばお金を稼ぐ必要性に移りました。

Gregor siempre era el primero en soltar la puerta.

グレゴールはいつも最初にドアから手を離した。

La conversación lo puso caliente de vergüenza y dolor.

その会話で彼は恥ずかしさと悲しみで胸が熱くなった。

Entonces se dejó caer en el refrescante sofá de cuero.

そこで彼は涼しい革張りのソファに身を投げ出した。

Y a menudo pasaba el resto de la noche en el sofá.

そして彼はよく残りの夜をソファで過ごしました。

Nunca durmió realmente en el sofá, ni tampoco por la noche.

彼は夜もソファで寝ることはほとんどなかった。

A menudo, simplemente se quedaba rascando el cuero durante horas y horas.

彼はしばしば何時間も革をひっかき続けました。

Otras veces empujaba el sillón hacia la ventana.

またある時は彼は肘掛け椅子を窓のほうに押しやった。

Esto solo requirió un gran esfuerzo de su parte.

これだけでも彼は多大な努力を必要としました。

El sillón le ayudó a subirse al alféizar de la ventana.

肘掛け椅子のおかげで彼は窓枠の上に這うことができた

。

Y desde allí pudo apoyarse en la ventana.

そしてそこから彼は窓に寄りかかることができた。

Solía sentir una gran sensación de libertad al hacer esto.

彼はこうすることで大きな自由を感じていた。

Quizás estaba buscando algún viejo sentimiento liberador.

たぶん彼は昔の解放感を求めていたのでしょう。

Pero su visión no era tan nítida como solía ser.

しかし、彼の視力は以前ほど鮮明ではなくなりました。

Las cosas a cierta distancia se veían borrosas e indistintas.

少し離れたところにあるものはぼやけて見えませんでした。

Ya no podía ver el hospital al otro lado de la calle.

彼はもう道の向こうの病院を見ることはできなかった。

Antes había maldecido la vista, ahora quería verla.

以前はその景色を呪っていたが、今はそれを見たいと思った。

Sabía que vivía en la tranquila y urbana Charlottenstrasse.

彼は自分が静かで都会的なシャルロッテン通りに住んでいることを知っていた。

Pero podría haber pensado que estaba mirando el desierto.

しかし、彼は砂漠を眺めていると思ったかもしれない。

Un páramo donde el cielo gris y la tierra gris se fusionaban.

灰色の空と灰色の大地が溶け合った荒れ地。

La atenta hermana notó dos veces que la silla se había movido.

注意深い姉妹は椅子が動いたことに二度気づいた。

Después de ordenar, empujó la silla hacia la ventana.

片付けが終わると、彼女は椅子を窓のほうに押し戻した。

Y a partir de ahora incluso dejó la ventana abierta.

そして、彼女はこれから先、窓のサッシも開けたままにするようになった。

Gregor realmente hubiera deseado poder hablar con su hermana.

グレゴールは妹と話ができたらよかったと心から願った
。

Quería agradecerle por todo lo que hizo por él.
彼は彼女がしてくれたことすべてに感謝したかった。
Entonces habría tolerado más fácilmente sus servicios.
そうすれば、彼は彼らの奉仕をもっと容易に容認できた
だろう。
Pero tal como estaban las cosas, él sufrió por su ayuda.
しかし、実際は、彼は彼女の援助に苦しんだ。
La hermana, por supuesto, intentó disimular la vergüenza.
もちろん、妹はその恥ずかしさを隠そうとした。
**Y ella hizo todo lo posible para fingir que no se sentía
agobiada.**
そして彼女は負担を感じていないふりをしようと最善を
尽くしました。
Por supuesto, esto es algo que tenía que practicar primero.
もちろん、これは彼女が最初に練習しなければならなか
ったことです。
Y cuanto más tiempo pasaba, mejor lo hacía.
そして時間が経つにつれて、彼女はより上手になってい
きました。
**Pero a Gregor también se le dio más tiempo para ver su
pretensión.**
しかし、グレゴールにも彼女の偽りの態度を見抜く時間
が与えられた。
Incluso su entrada a su habitación fue una prueba para él.
彼女が部屋に入ってくるだけでも彼にとっては試練だっ
た。

Tan pronto como entró, corrió directamente a la ventana.

彼女は入るとすぐに窓に向かってまっすぐ走った。

Ni siquiera se tomó el tiempo de cerrar la puerta.

彼女はドアを閉める時間さえ取らなかった。

Normalmente ella evitaba que todos vieran la habitación de Gregor.

普段、彼女は誰にもグレゴールの部屋を見せないようにしていた。

Y abrió la ventana de golpe con manos apresuradas.

そして彼女は急いで手で窓を勢いよく開けた。

Luego volvió a respirar como si se estuviera asfixiando.

それから彼女は、まるで窒息していたかのように再び呼吸をしました。

El aire que entraba era frío y ella respiraba profundamente.

入ってくる空気は冷たく、彼女は深呼吸した。

Pero aún así se quedó junto a la ventana por un rato.

しかし、彼女はしばらく窓のそばに留まりました。

Con esta rutina asustaba a Gregor dos veces al día.

彼女はこの習慣でグレゴールを一日二回怖がらせた。

Mientras ella estaba en la habitación él temblaba debajo del sofá.

彼女が部屋にいる間、彼はソファの下で震えていた。

Él sabía que a ella le habría gustado ahorrarle esa terrible experiencia.

彼女は彼にその試練を避けてほしかっただろうと彼は知っていた。

Pero ella no podía estar en la habitación con la ventana cerrada.

しかし、窓を閉めた状態では彼女は部屋にいることができませんでした。

Hubo una ocasión en que ella llegó un poco antes.

彼女が少し早く来た時もありました。

Probablemente alrededor de un mes después de la transformación de Gregor.

おそらくグレゴールの変身から約1か月後です。

Ella se había acostumbrado un poco a su nueva apariencia.

彼女は彼の新しい外見にいくらか慣れてきた。

Así que ya no tenía por qué estar particularmente sorprendida.

だから彼女はもう特にショックを受ける理由はなかった。

Ella lo encontró todavía mirando por la ventana, inmóvil.

彼女は彼がまだ動かずに窓の外を見つめているのに気づいた。

Estaba en el lugar más horrible en el que podría haber estado.

彼は、考えられる限り最も恐ろしい場所にいた。

No le habría sorprendido si ella no hubiera entrado.

彼女が入って来なかったとしても彼は驚かなかっただろう。

Donde le impidió abrir la ventana.

そこで彼は彼女が窓を開けるのを阻止した。

Ella salió rápidamente de la habitación y cerró la puerta.

彼女はまた急いで部屋を出て、ドアを閉めた。

Un extraño podría haber llegado a todo tipo de conclusiones.

見知らぬ人なら、さまざまな結論に達することができただろう。

Quizás sólo estaba esperando la oportunidad de morderla.

おそらく彼は彼女を噛む機会を待っていたのでしょう。

Gregor, por supuesto, se escondió inmediatamente debajo del sofá.

もちろん、グレゴールはすぐにソファの下に隠れました。

Pero tuvo que esperar hasta el mediodía para que su hermana regresara.

しかし彼は妹が戻るまで正午まで待たなければなりませんでした。

Y ella parecía mucho más inquieta que de costumbre.

そして彼女はいつもよりずっと落ち着きがないように見えました。

Se dio cuenta de que verlo todavía era insoportable.

彼は、自分の姿を見るのがまだ耐えられないことに気づいた。

Verlo seguiría siendo insoportable para ella.

彼女にとって、彼の姿を見ることは耐え難いものとなり続けるだろう。

Probablemente no podría soportar ver ninguna parte de él.

おそらく彼女は彼のいかなる部分も見ることが耐えられなかったのだろう。

Siempre sobresalía una pequeña parte de debajo del sofá.

ソファの下から常に小さな部分が突き出ていました。

Un día llevó una sábana sobre su espalda hasta el sofá.

ある日、彼はベッドシーツを背負ってソファまで運んだ。

Quería evitar que ella viera cualquier parte de él.

彼は彼女に自分のいかなる部分も見られたくないと思っていた。

Él dispuso la sábana de tal manera que todo él quedara oculto.

彼は自分の体全体が隠れるようにベッドシーツを整えた。

Incluso si se agachara no podría verlo.

たとえ彼女がかがんだとしても、彼を見ることはできないだろう。

Todo el esfuerzo le llevó a Gregor más de tres horas.

グレゴールはこの作業全体に3時間以上を要した。

Quizás pensó que la sábana era innecesaria.

彼女はベッドシーツは不要だと思ったのかもしれない。

Ella habría sabido que él no quería la sábana.

彼女は彼がベッドシーツを欲しがっていないことを知っていたはずだ。

Lo hacía para su comodidad, no para la suya propia.

彼は自分のためではなく、彼女の慰めのためにそうしていたのです。

Y podría haber quitado la sábana si hubiera querido.

そして彼女は、もし望めばベッドシーツを外すこともできたでしょう。

Pero dejó la sábana donde Gregor la había puesto.

しかし彼女はベッドシーツをグレゴールが置いた場所にそのまま残しました。

Y Gregor incluso creyó haber captado una mirada de agradecimiento.

そしてグレゴールは、感謝の表情さえ見せてくれたよう
な気がした。

Había levantado suavemente la sábana con la cabeza.
彼は頭を使ってベッドシーツをそっと持ち上げた。

Quería ver si a su hermana le gustaba el arreglo.
彼は妹がその取り決めを気に入っているかどうか知りた
かった。

Las dos primeras semanas fueron las más difíciles para los padres.
最初の2週間は両親にとって最も大変でした。

No pudieron animarse a entrar y verlo.
彼らは中に入って彼に会う気にはなれなかった。

Escuchó muchas de sus conversaciones en ese momento.
このとき、彼は彼らの会話の多くを耳にした。

Reconocieron plenamente todo lo que hacía la hermana.
彼らは妹がしていたことをすべて全面的に認めました。

Aunque solían estar molestos con ella a menudo.
彼女に対して、彼らはよくイライラしていたのに。

Porque ella parecía ser una chica un tanto inútil.
なんだか、役立たずな女の子に見えたから。

Ahora eran ellos quienes esperaban al otro lado de la habitación.
今、部屋の反対側で待っていたのは彼らだった。

Y fue ella quien entró en la habitación a hacer todo.
そして、部屋に入ってすべてをやるのは彼女でした。

Tan pronto como salió quisieron saberlo todo.
彼女が出てくるとすぐに、彼らはすべてを知りたがった
。

Tenía que decirles exactamente cómo era la habitación.

彼女は彼らに部屋がどのような様子かを正確に伝えなければなりませんでした。

¿Qué comió Gregor? ¿Cómo se comportó esta vez?

「グレゴールは何を食べたの？今回はどんな様子だった？」

"¿Quizás se notó una ligera mejoría?"

「少しでも改善が見られましたか？」

La madre, por cierto, fue en realidad más valiente.

ちなみに、母親のほうが実は勇敢だった。

Y por supuesto, era su propio hijo el que estaba dentro de la habitación.

そしてもちろん、部屋の中にいたのは彼女自身の息子でした。

En realidad quería visitar a Gregor relativamente pronto.

彼女は実は、かなり早くグレゴールを訪ねたかった。

Pero al principio el padre y la hermana la frenaron.

しかし、当初、父親と妹は彼女を阻止した。

Le dieron argumentos muy racionales para que no fuera.

彼らは彼女が行かないようにと非常に合理的な主張をした。

Gregor escuchó con mucha atención sus razonamientos.

グレゴールは彼らの論議に非常に注意深く耳を傾けた。

Y él aceptó el razonamiento tanto como su madre.

そして彼も母親と同じようにその理屈を受け入れた。

Pero más tarde hubo que retenerla por la fuerza.

しかし、その後、彼女は強制的に引き止められてしまいました。

"¡Déjame entrar con Gregor, es mi desdichado hijo!"

「グレゴールのところへ入れてくれ、彼は私の不幸な息子なんだ！」
-¿No entiendes que tengo que ir a verlo?
「私が彼に会いに行かなければならないことが分からないのですか？」
Gregor también se dejó convencer por los argumentos de su madre.
グレゴールも母親の議論に説得された。
Quizás tenía razón: sería bueno que entrara.
おそらく彼女は正しかった。彼女が入ってくると良いだろう。
Venir a verlo todos los días sería demasiado.
毎日彼に会いに来るのはあまりにも多すぎるだろう。
Pero verlo una vez a la semana podría ser suficiente.
でも、週に一度彼に会えば十分かもしれません。
Ella podría entender las cosas mucho mejor que la hermana.
彼女は妹よりも物事をずっとよく理解しているかもしれない。
A pesar de todo su coraje, ella todavía era sólo una niña.
彼女はとても勇敢だったが、それでもまだ子供だった。
Quizás la imprudencia infantil la impulsó a aceptar esa tarea.
おそらく子供らしい無謀さが彼女にその任務を引き受けさせたのでしょう。
Pero el deseo de Gregor de ver a su madre pronto se hizo realidad.
しかし、母親に会いたいというグレゴールの願いはすぐに叶いました。
Durante el día Gregor se mantenía alejado de la ventana.

グレゴールは昼間は窓から離れていた。

Lo hizo por consideración a sus padres.

彼は両親に対する配慮からそうしたのです。

No tenía mucho espacio para arrastrarse por el suelo.

彼には床の上を這い回れるほどのスペースがほとんどな
かった。

Le resultaba difícil permanecer quieto durante la noche.

彼は夜中にじっと横たわっているのが難しいと感じた。

Comer ya no le producía el más mínimo placer.

食べることはもはや彼に少しも喜びを与えなかった。

Por supuesto que tenía que encontrar alguna manera de distraerse.

もちろん彼は気を紛らわす何らかの方法を見つけなけれ
ばなりませんでした。

Para entretenerse se arrastraba por las paredes.

彼は楽しむために壁を上ったり下りたりした。

Y también se arrastró por el techo, boca abajo.

そして彼もまた、天井に沿って逆さまに這っていきまし
た。

Estaba especialmente feliz cuando colgaba del techo.

特に天井からぶら下がっている時は幸せそうでした。

Fue completamente diferente a estar tendido en el suelo.

床に横たわるのとは全く違いました。

Le resultó mucho más fácil respirar en esta posición.

彼はこの姿勢の方が呼吸がずっと楽だと気づいた。

Una ligera pero agradable vibración recorrió su cuerpo.

わずかだが心地よい振動が彼の体に伝わった。

A veces incluso se relajaba demasiado en su felicidad.

時々、彼は幸せのあまりリラックスしすぎることさえありました。

A veces se distraía y se soltaba del techo.

彼は時々気を取られて、天井から手を離してしまいました。

Y para su propia sorpresa, aterrizó de nuevo en el suelo.

そして、驚いたことに彼は地面に着地したのです。

Pero tenía mucho mejor control de su cuerpo que antes.

しかし、彼は以前よりもずっとうまく体をコントロールできるようになりました。

Para que ahora no se haga daño con caídas tan fuertes.

だから、彼は今回、そんな大きな落下で怪我をすることはなかったのです。

La hermana notó inmediatamente el nuevo placer de Gregor.

妹はすぐにグレゴールの新たな喜びに気づいた。

Y había restos de adhesivo donde se había arrastrado.

そして彼が這った場所には接着剤の跡が残っていました。

Aquí nuevamente la hermana pensó en el bienestar de Gregor.

ここでも、シスターはグレゴールの健康について考えました。

Quizás apreciaría más espacio para gatear.

おそらく彼は、這い回れるスペースがもっとあれば喜ぶだろう。

Y la idea se instaló firmemente en su cabeza.

そしてその考えは彼女の頭の中にしっかりと定着した。

Algunos de los muebles de gran tamaño impedían su libre movimiento.

いくつかの大きな家具が彼の自由な動きを妨げていた。

Ya no trabajaba así que no necesitaba el escritorio.

彼はもう働いていなかったので、その机は必要なかった。

Y la caja ocupaba más espacio del necesario. ***

そして、箱は必要以上にスペースを占有していました。 ***

La hermana no era capaz de mover estas cosas sola.

妹は一人でこれらのものを移動させることができませんでした。

Por supuesto que no se atrevió a pedirle ayuda al padre.

もちろん彼女は父親に助けを求める勇気はなかった。

La criada seguramente tampoco la habría ayudado.

メイドもきっと彼女を助けなかっただろう。

La nueva criada era de hecho un año más joven que ella.

新しいメイドさんは実は彼女より一歳年下だった。

Ella había asumido valientemente el papel de ex sirvienta.

彼女は勇敢にもかつてのメイドの役割を引き受けた。

Pero había un privilegio que ella insistía en tener.

しかし、彼女がどうしても欲しい特権が一つありました。

Ella quería mantener la cocina cerrada en todo momento.

彼女は台所を常に施錠しておきたかった。

Así que la hermana no tuvo más remedio que preguntarle a su madre.

それで妹は母親に尋ねるしか選択肢がありませんでした。

Con gritos de emocionada alegría la madre acudió a ayudar.

母親は興奮して喜びの叫び声をあげながら助けに来ました。

Pero ella se quedó en silencio en la puerta de la habitación de Gregor.

しかし彼女はグレゴールの部屋のドアの前で黙ってしまった。

La hermana comprobó que todo en la habitación estuviera bien.

姉は部屋の中のすべてが順調であるかどうかを確認した。

Gregor había tirado apresuradamente la sábana aún más fuerte.

グレゴールは急いでベッドシーツをさらにきつく引っ張った。

Aunque la sábana todavía parecía colocada al azar.

ベッドシーツはまだランダムに配置されているように見えました。

Y sólo entonces dejó que su madre entrara en la habitación.

そして、そのとき初めて彼女は母親を部屋に入れることを許した。

Gregor también se abstuvo de espiar desde debajo de la sábana.

グレゴールもシーツの下から覗き込むのを控えた。

Decidió no volver a ver a su madre esta vez.

彼は今回は母親に会うのをやめることにした。

Gregor estaba muy contento de que ella hubiera entrado.

グレゴールは彼女が入ってきただけで十分嬉しかった。

"Pasa, no puedes verlo", dijo la hermana.

「さあ、中に入ってください。彼は見えませんよ」と姉は言った。

Gregor supuso que ella llevaba a su madre de la mano.

グレゴールは彼女が母親の手を引いて歩いているのだと思った。

Entonces escuchó a las dos mujeres débiles moviendo los muebles.

そのとき、彼は二人の弱々しい女性が家具を動かす音を聞いた。

La hermana parecía reclamar la mayor parte del trabajo para ella misma.

妹は仕事のほとんどを自分のものだと主張しているようだった。

Su madre temía que se esforzara demasiado.

彼女の母親は彼女が無理をしてしまうのではないかと心配した。

Pero la hermana no hizo caso a estas advertencias.

しかし、姉はこれらの警告に耳を傾けませんでした。

Pero incluso después de quince minutos el progreso era muy lento.

しかし、15分経っても進歩は非常に遅かった。

No habían conseguido mover los muebles muy lejos.

彼らは家具をあまり遠くまで移動させることができなかった。

Poco a poco empezaron a sentir una sensación de derrota.

彼らは徐々に敗北感を感じ始めていた。

La madre fue la primera en admitir la inutilidad.

最初に無益であることを認めたのは母親だった。

"Quizás sería mejor dejar la caja aquí."

「箱はここに置いておいた方がいいかもしれませんね。
」

"La caja es demasiado pesada para que podamos moverla mucho más lejos".

「箱は重すぎるので、これ以上運ぶことはできません。
」

"Y no terminaremos antes de que llegue tu padre."

「そして、あなたのお父さんが来るまで終わらないわよ
。」

Dejar la caja aquí le bloquearía aún más el camino.

「ここに箱を置いておくと、彼の行く手を阻むことにな
る。

"¿Y podemos estar seguros de que le estamos haciendo un favor?"

「そして、私たちが彼のために尽力していると確信でき
るでしょうか？」

Comenzaron a pensar que bien podría ser cierto lo opuesto.

彼らはその逆が真実かもしれないと考え始めた。

La visión de la pared vacía pesó mucho en su corazón.

何もない壁の光景が彼女の心に重くのしかかった。

¿Quién diría que Gregor no se sentiría así también?

グレゴールも同じように感じないと言えるでしょうか？

"Ya está acostumbrado a los muebles de su habitación."

「彼はすでに自分の部屋の家具に慣れています。」

"Podría sentirse aún más abandonado en una habitación vacía".

「誰もいない部屋では、さらに見捨てられたと感じるか
もしれない。」

Para entonces su voz se había reducido casi a un susurro.

この時までに彼女の声はほとんどささやくような声になっていた。

En realidad no sabía el paradero exacto de Gregor.

彼女は実際にはグレゴールの正確な居場所を知らなかった。

Ella no quería ni siquiera que él escuchara el sonido de su voz.

彼女は彼に自分の声さえ聞かせたくなかった。

Aunque ella estaba segura de que él no la entendía.

彼女は彼が自分の言っていることを理解していないと確信していた。

"¿No parecería como si lo hubiéramos abandonado por completo?"

「私たちは彼を完全に諦めてしまったように思われませんか？」

"¿No sentirá que lo estamos dejando solo?"

「彼は私たちが彼を一人ぼっちで対処させようとしていると感じないでしょうか？」

"Deberíamos dejar la habitación exactamente como estaba".

「部屋はそのままの状態で出て行くべきです。」

"Al final Gregor volverá con nosotros como antes."

「やがてグレゴールは以前のように私たちのところに戻ってくるでしょう。」

"Entonces encontrará que todo sigue en su lugar."

「そうすれば、すべてがまだ元の場所にあることに気づくでしょう。」

"Y olvidará mucho más fácilmente el período interino".

「そして彼は中間期間をずっと簡単に忘れるでしょう。
」
Cuando Gregor escuchó estas palabras se dio cuenta de algo.
グレゴールはこれらの言葉を聞いて、あることに気づい
た。
Su mente se había vuelto confusa durante los últimos dos meses.
彼の心はここ2か月間混乱していた。
La falta de interacción humana no había sido buena para él.
人間との交流の欠如は彼にとって良くなかった。
Realmente necesitaba la vida monótona en medio de su familia.
彼には家族に囲まれた単調な生活が本当に必要だった。
¿Por qué si no habría hecho una exigencia tan absurda?
そうでなければ、なぜ彼はそのような無意味な要求をし
たのでしょうか？
¿Qué sentido tenía vaciar su habitación?
彼の部屋を空にすることに、一体どんな意味があったの
だろうか？
La cómoda habitación amueblada con muebles heredados.
受け継がれた家具が備わった快適な客室。
¿Por qué querría convertir ese calor conocido en una cueva?
なぜ彼はこの既知の暖かさを洞窟に変えたいのでしょう
か？
Una cueva donde poder arrastrarse en todas direcciones en paz.
あらゆる方向に安心して這い進むことができる洞窟。
Pero una cueva en la que olvidó rápidamente su pasado humano.

しかし、洞窟の中で彼は人間としての過去を急速に忘れてしまった。

Tuvo que preguntarse si ya estaba cerca de olvidar.

彼は、自分がすでに忘れかけているのではないかと思わずにはいられなかった。

La voz de su madre lo había sacudido y lo había hecho recordar.

母親の声に揺さぶられて彼は思い出した。

La voz que no había oído durante tanto tiempo.

彼が長い間聞いていなかった声。

No había que quitar nada, todo tenía que quedar.

何も削除されるべきではなく、すべてはそのまま残されなければなりませんでした。

Los muebles influyeron positivamente en su condición.

その家具は彼の状態に良い影響を与えた。

Y no podría vivir sin este ancla en el pasado.

そして彼は、過去へのこの拠り所なしでは対処できなかった。

Los muebles impedían que se arrastrara sin sentido.

家具のおかげで彼は無意識に這い回ることができませんでした。

Pero eso no fue una pérdida, sino más bien una gran ventaja.

しかし、それは損失ではなく、むしろ大きな利点でした。

Lamentablemente la hermana tenía una opinión muy diferente.

残念ながら、妹は全く異なる意見を持っていました。

Ella se había convertido en una especie de portavoz de Gregor.

彼女はある意味グレゴールの代弁者のような存在になっていた。

Por supuesto que su opinión no era del todo injustificada.
もちろん彼女の意見が全く根拠がないわけではない。

Pero aquí la opinión de su madre tuvo que ser contradicha.
しかし、ここで彼女の母親の意見は否定されなければなりませんでした。

Ahora no era solo la caja la que había que retirar.
取り外す必要があったのは箱だけではありませんでした。

Ni su escritorio ni el armario podían permanecer allí.
彼の机とワードローブも残すことができませんでした。

Lo único imprescindible era el sofá.
唯一欠かせないものはソファでした。

Ella no decidió esto sólo por desafío infantil.
彼女はただ子供っぽい反抗心からそう決めたのではない。

Tampoco fue su recientemente adquirida confianza en sí misma.
それは彼女が最近得た自信でもありませんでした。

La nueva confianza que tuvo que trabajar muy duro para ganar.
勝つために一生懸命努力したからこそ、彼女は新たな自信を得たのです。

Aunque nadie esperaba que ella pudiera hacerlo.
誰も彼女がそれをできるとは思っていなかったのに。

Gregor realmente necesitaba mucho espacio para gatear.

グレゴールは這うために本当にたくさんのスペースを必
要としました。

Los muebles sólo limitaban el espacio del que disponía.

家具のせいで、彼が使える部屋は狭くなってしまった。

Ella podía ver estas cosas mejor que la madre.

彼女はこれらのことを母親よりもよく理解することがで
きました。

Pero quizá su espíritu romántico también jugó un papel.

しかし、おそらく彼女のロマンチックな精神も役割を果
たしたのでしょう。

Las niñas de esa edad suelen desarrollar cierto entusiasmo.

その年頃の女の子は、ある種の熱意を持つようになるこ
とが多いです。

**Y sienten la necesidad de salirse con la suya siempre que
pueden.**

そして彼らは、できる限り自分の思い通りにする必要性
を感じています。

Quizás por eso quería sabotearlo en secreto.

おそらくこれが、彼女が密かに彼を妨害したかった理由
でしょう。

Es aún más aterrador cuando se arrastra por las paredes.

壁を這う姿はさらに恐ろしい。

Los padres ya no se atrevían a entrar en la habitación.

両親はもう部屋に入る勇気がなかった。

Ella realmente sería la única cuidadora de su hermano.

彼女は本当に弟の唯一の世話人となるでしょう。

Ella no dejó que su madre la persuadiera de lo contrario.

彼女は母親の説得に従わなかった。

La madre de Gregor ya se sentía incómoda en la habitación.

グレゴールの母親は部屋の中ですでに不安を感じていた
。

Pronto dejó de hablar y ayudó nuevamente a su hija.

彼女はすぐに話すのをやめ、再び娘を助けました。

Con las fuerzas que les quedaban retiraron el armario.

彼らは残った力を振り絞ってワードローブを取り外した
。

La cómoda era algo de lo que podía prescindir.

彼にとって、箪笥はなくてもよかったものだった。

Pero el escritorio tendría que quedarse allí por el momento.

しかし、当面は机をそのまま残さざるを得ませんでした
。

Mientras las mujeres estaban ausentes, trató de evaluar la habitación.

女性たちがいない間に、彼は部屋の中を調べようとした
。

Y Gregor asomó la cabeza por debajo del sofá.

そしてグレゴールはソファーの下から頭を出した。

Tenía que ver qué podía hacer con la situación.

彼はその状況に対して何ができるか考えなければならな
かった。

Pero fue lo más cuidadoso y considerado posible.

しかし、彼は可能な限り注意深く、思いやりを持って行
動しました。

Desgraciadamente fue la madre quien regresó primero.

残念ながら、先に帰ってきたのは母親だった。

Grete todavía estaba moviendo el armario en la habitación de al lado.

グレーテはまだ隣の部屋でワードローブを動かしていた
。

Pero la madre no estaba acostumbrada a ver a Gregor.
しかし母親はグレゴールの姿に慣れていなかった。
Incluso un simple vistazo a él podría haberla enfermado.
彼を一目見るだけでも彼女は気分が悪くなるかもしれない
い。
Gregor se apresuró a retroceder hasta el otro extremo del sofá.
グレゴールはソファの向こう端まで急いで後ずさりした
。

Pero no podía retroceder y equilibrar la sábana.
しかし、彼は後ろに下がってベッドシーツのバランスを
取ることができませんでした。
El movimiento fue suficiente para llamar la atención de la madre.
その動きは母親の注意を引くのに十分だった。
Ella hizo una pausa y se quedó muy quieta por un breve momento.
彼女は立ち止まり、ほんの一瞬じっと立っていました。
Luego se dio la vuelta y salió de la habitación.
それから彼女は向きを変えて部屋から出て行きました。
Gregor seguía diciéndose a sí mismo que no había ocurrido nada inusual.
グレゴールは何も異常なことは起こっていないと自分に
言い聞かせ続けた。
"Son sólo algunos muebles que se han llevado".
「ただ家具が持ち去られただけです。」

Pero pronto tuvo que admitir que los acontecimientos le afectaron.

しかし、彼はすぐにその出来事が自分に影響を与えたことを認めざるを得なかった。

Las mujeres habían estado diciendo todo lo que estaban haciendo.

女性たちは自分たちがしていることすべてを話していた。

Habían estado caminando de un lado a otro por la habitación.

彼らは部屋の中を行ったり来たり歩き回っていた。

El rayado de todos los muebles en el suelo.

床に置かれた家具全てが傷つく。

Se sentía como si lo atacaran desde todos lados.

彼は四方八方から攻撃されているように感じた。

Apretó la cabeza y las piernas lo más fuerte que pudo.

彼は頭と足をできるだけ強く引き寄せた。

Con todas sus fuerzas presionó su cuerpo contra el suelo.

彼は全力で体を地面に押し付けた。

Sabía que no podría soportar todo esto por mucho más tiempo.

彼は、このすべてを長く耐えることはできないと分かっていた。

Vaciaron su habitación y se llevaron todo lo que amaba.

彼らは彼の部屋を片付け、彼が愛していたものをすべて奪っていった。

Ya se habían llevado la caja que contenía todas sus herramientas.

彼らはすでに彼の道具が全部入った箱を持ち去っていた
。

Ahora estaban aflojando su pesado escritorio del suelo.

今、彼らは彼の重い机を地面から外していた。

El escritorio en el que había trabajado después de regresar del trabajo.

仕事から帰ってきてから仕事をしていた机。

El escritorio en el que había escrito sus tareas comerciales.

彼が仕事の課題を書いていた机。

El escritorio en el que había hecho sus deberes en la escuela secundaria.

中学校時代に宿題をしていた机。

Sí, ya había tenido este pupitre en la escuela primaria.

はい、彼は小学校の頃からこの机を持っていました。

Realmente no tuvo tiempo de confirmar sus buenas intenciones.

彼には彼らの善意を確認する時間が本当になかった。

Aunque ya casi había olvidado que estaban allí.

いずれにせよ、彼は彼らがそこにいたことをほとんど忘れていた。

Porque trabajaban en silencio, por el cansancio.

疲労のため、彼らは黙々と作業していたからです。

Estaban demasiado cansados para anunciar sus movimientos ahora.

彼らは疲れすぎて、今行動を発表することができませんでした。

Lo único que oyó fueron sus pesados pasos en el suelo.

彼が聞いたのは、床を踏む彼らの重々しい足音だけだった。

Justo en ese momento estaban apoyados sobre la caja.

ちょうどその時、彼らは箱に寄りかかっていました。

Y entonces Gregor salió de debajo del sofá.

そのとき、グレゴールがソファの下から出てきました。

Cambió la dirección en la que corría cuatro veces.

彼は走る方向を4回変えた。

No podía decidir qué elemento debía salvarse primero.

どのアイテムを最初に保存する必要があるかを決めるこ

とができませんでした。

De repente su atención se dirigió a la pared vacía.

突然、彼の注意は何も無い壁に引きつけられた。

Lo único que le quedó fue la fotografía de la dama con
pieles.

彼に残されたものは毛皮を着た女性の写真だけだった。

Se arrastró hasta la imagen para presionar su cuerpo contra
el de ella.

彼は絵のところまで這って行き、彼女の体に体を押し付

けた。

Y su cuerpo cubrió completamente la vista de la imagen.

そして彼の体が絵の視界を完全に覆い隠しました。

El vaso lo sostuvo y reconfortó su vientre caliente.

ガラスが彼を支え、熱い腹を慰めてくれた。

Esta fotografía ya no se la pudieron quitar.

この写真はもう彼から奪うことができませんでした。

Luego giró la cabeza hacia la puerta de la sala de estar.

それから彼はリビングルームのドアの方へ頭を向けた。

Iba a observar mientras las mujeres regresaban a la
habitación.

彼は女性たちが部屋に戻ってくるのを見守るつもりだった。

Y no descansaron mucho antes de regresar nuevamente.

そして彼らは長く休むことなく再び戻ってきました。

El brazo de Grete rodeaba a su madre para ayudarla a caminar.

グレーテは母親の腕を抱きかかえ、歩くのを助けた。

"¿Qué nos llevamos ahora?" dijo Grete y miró a su alrededor.

「さて、何を持っていけばいいでしょうか？」とグレーテは言い、あたりを見回した。

Justo en ese momento su mirada se encontró con los ojos de Gregor.

ちょうどそのとき、彼女の視線がグレゴールの目と合った。

A pesar del shock, mantuvo la presencia de ánimo.

ショックにも関わらず、彼女は平静を保った。

Probablemente sólo por la presencia de su madre.

おそらくそれは母親の存在のせいだけでしょう。

Ella inclinó su rostro hacia su madre, cubriéndole la vista.

彼女は母親のほうに顔を向けて視界を隠した。

Y entonces dijo, aunque temblorosa y desconsiderada:

そして彼女は震えながら、考えもせずにこう言った。

-Vamos, ¿no deberíamos volver a la sala de estar?

「さあ、リビングに戻ろうか？」

Gregor podía comprender fácilmente las intenciones de la hermana.

グレゴールは妹の意図を容易に理解することができた。

Su primera prioridad fue poner a su madre a salvo.

彼女の第一の優先事項は母親を安全な場所に連れて行く
ことだった。

Pero luego ella iba a perseguirlo desde la pared.
しかし、彼女は壁の上から彼を追いかけようとしていた
のです。

«¡Pues claro que puede intentarlo!», pensó Gregor para sus adentros.
「まあ、彼女は確かに挑戦できるだろう！」グレゴール
は心の中で思った。

Se sentó firmemente sobre su imagen y no renunció a ella.
彼は自分の絵にしっかりと座り、それを手放さなかった
。

Preferiría haberle saltado en la cara a la hermana.
彼はむしろ妹の顔に飛びかかったほうがよかっただろう
。

Pero las palabras de Grete preocuparon aún más a su madre.
しかし、グレーテの言葉は母親をさらに心配させた。

Ella se hizo a un lado para ver lo que le ocultaban.
彼女は自分から何が隠されているのか確かめるために脇
に寄った。

Y vio la mancha marrón en el papel pintado floreado.
そして彼女は花柄の壁紙に茶色いシミがあるのに気づき
ました。

Y ella gritó antes de darse cuenta de que era Gregor.
そして彼女は、それがグレゴールだと気づく前に叫びま
した。

"Oh Dios", gritó con los brazos extendidos.

「ああ、神様」彼女は両腕を広げて叫んだ。

Y ella se dejó caer en el sofá como si se hubiera rendido.

そして彼女は諦めたかのようにソファに倒れ込んだ。

—¡Gregor! —gritó la hermana levantando el puño.

「グレゴール！」妹は拳を振り上げて彼に向かって叫ん

だ。

Y ella le dirigió una mirada larga, dura y penetrante.

そして彼女は彼を長く、厳しく、鋭い視線で見つめた。

Esta era la primera vez que hablaba con él directamente.

彼女が彼と直接話したのはこれが初めてだった。

Corrió a la habitación de al lado para conseguir algunas sales aromáticas.

彼女は匂い袋を手に入れるために隣の部屋に走って行っ

た。

Tenía que devolverle la conciencia a su madre.

彼女は母親の意識を取り戻さなければなりませんでした

。

Gregor quería ayudar, podría salvar la imagen más tarde.

グレゴールは手伝いたいと思ったので、後で写真を保存

できました。

Pero él se había quedado firmemente pegado al cristal.

しかし、彼はガラスの上にしっかりとはまってしまった

。

Entonces tuvo que apartarse usando mucha fuerza.

それで彼はかなりの力を使って自分自身を引き離さなけ

ればなりませんでした。

Él también corrió a la habitación de al lado, donde estaba la hermana.

彼もまた、妹がいた隣の部屋へ走って行きました。

En el pasado podría haberle dado algún consejo.

昔なら彼は彼女に何らかのアドバイスを与えることができただろう。

Pero ahora no podía hacer nada más que quedarse de brazos cruzados y observar.

しかし、今彼にできることは、ただ傍観することだけだった。

Revolvió el cajón y abrió varias botellas.

彼女は引き出しの中をかき回して、いろいろな瓶を開けた。

Y todavía la asustó cuando ella se dio la vuelta.

そして、彼女が振り向いた時も、彼はまだ彼女を怖がらせました。

Una botella cayó al suelo, se rompió y se astilló.

瓶が床に落ちて割れ、粉々になった。

Una astilla de vidrio golpeó la cara de Gregor y lo hirió.

ガラスの破片がグレゴールの顔に当たり、彼を負傷させた。

La botella contenía algún tipo de líquido cáustico.

その瓶には何らかの腐食性の液体が入っていた。

Y ahora el líquido corrosivo quemaba la cara de Gregor.

そして今、腐食性の液体がグレゴールの顔を焼いていた。

Sin embargo, la hermana no tenía tiempo para Gregor en ese momento.

しかし、妹には今のところグレゴールのために時間を割く余裕がなかった。

Ella recogió tantas botellas como pudo.

彼女はできる限り多くのボトルを拾い上げました。

Y ella corrió de nuevo hacia su madre con la medicina.

そして彼女は薬を持って母親のところへ走って戻りました。

Ella cerró la puerta con el pie, dejando afuera a Gregor.

彼女は足でドアをバタンと閉めて、グレゴールを締め出した。

Ahora estaba separado de su madre, que estaba potencialmente moribunda.

彼は今や、死にゆく可能性のある母親と切り離されてしまった。

Si abriera la puerta, echaría a la hermana.

もしドアを開けたら、彼は妹を追い払ってしまうだろう。

Pero por supuesto tuvo que quedarse para cuidar a la madre.

しかし、もちろん彼女は母親の世話をするために留まらなければなりませんでした。

Ya no podía hacer nada más que esperarlos.

彼に今できることは彼らを待つことだけだった。

Acosado por el autorreproche y la ansiedad, comenzó a gatear.

自責の念と不安に悩まされ、彼は這い始めた。

Se arrastró por todas partes: las paredes, los muebles, el techo.

彼は壁、家具、天井などあらゆるところを這っていきました。

Sintió como si toda la habitación girara a su alrededor.

彼はまるで部屋全体が自分の周りで回転しているように感じた。

Finalmente, desesperado y mareado, volvió a caer.

ついに、絶望とめまいで、彼は再び倒れてしまいました。

Y cayó justo encima de la gran mesa del comedor.

そして彼は大きなダイニングルームのテーブルの上に落ちてしまいました。

Pasó algún tiempo tendido allí, entumecido e incapaz de moverse.

彼はしばらくの間、感覚がなく動くこともできないままそこに横たわっていた。

Estaba exhausto por todo lo que el día le había traído.

彼はこの日起こったあらゆる出来事で疲れ果てていた。

Todo estaba tranquilo, pero tal vez eso era una buena señal.

周囲は静かだったが、それは良い兆候だったのかもしれない。

Entonces, rompiendo el silencio, sonó el timbre de la puerta de afuera.

すると、静寂を破って外のドアベルが鳴った。

La criada, por supuesto, se había encerrado en su cocina.

もちろん、メイドは自分の台所に鍵をかけていた。

Así que la hermana era la única que podía abrir la puerta.

つまり、ドアを開けることができたのは妹だけだったのです。

"¿Qué pasó?" fue lo primero que preguntó el padre.

「何が起こったんだ？」というのが父親が最初に尋ねたことだった。

La aparición de Grete probablemente le había dicho todo.

おそらくグレーテの容姿が彼にすべてを物語っていたのだろう。

La voz de Grete se volvió apagada y apagada mientras hablaba.

グレーテは話しているうちに声はくぐもって鈍くなっていった。

Ella debió haber presionado su cara contra el pecho de su padre.

彼女は父親の胸に顔を押し付けていたに違いない。

"La madre estaba inconsciente, pero ahora se siente mejor".

「お母さんは意識不明だったけど、今は気分が良くなりました。」

—Gregor ha escapado —añadió, tal como él esperaba.

「グレゴールは逃げたのよ」と彼女は付け加えたが、彼はそれを予想していた。

"Siempre te dije que algún día se escaparía."

「彼はいつか逃げ出すだろうと、ずっと言っていたよ。」

—Pero vosotras, las mujeres, no quisisteis escucharme, ¿verdad?

「でも、あなたたち女性は私の言うことを聞きたくなかったでしょう？」

Gregor se dio cuenta rápidamente de cómo veía las cosas su padre.

グレゴールはすぐに父親が物事をどう見ているかを悟った。

Había malinterpretado el mensaje demasiado breve de Grete.

彼はグレーテのあまりにも短いメッセージを誤解してい
た。

Supuso que Gregor había cometido algún acto de violencia.

彼はグレゴールが何らかの暴力行為を犯したと推測した
。

Gregor tenía que encontrar una manera de apaciguar a su padre de alguna manera.

グレゴールは何とかして父親をなだめる方法を見つけな
ければなりませんでした。

Porque no tuvo tiempo de explicarle las cosas.

彼には物事を説明する時間がなかったからです。

Pero de todos modos no habría podido explicar las cosas.

しかし、いずれにしても彼は物事を説明することができ
なかったでしょう。

Entonces huyó hacia la puerta y se pegó a ella.

そこで彼はドアの方に逃げて、ドアに体を押し付けた。

De esa manera su padre podría verlo desde la antesala.

そうすれば父親は控え室から息子を見ることができた。

Y podría ver que tenía las mejores intenciones.

そして彼は、自分が最善の意図を持っていたことがわか
るだろう。

No había necesidad de empujarlo con una escoba.

ほうきで彼を押し戻す必要はなかった。

Lo único que el padre habría tenido que hacer era abrir la puerta.

父親がしなければならなかったのはドアを開けることだ
けだった。

Pero él no estaba de humor para notar tales sutilezas.

しかし、彼はそのような微妙な点に気づく気分ではなかった。

"¡Ahí estás!" exclamó nada más entrar.

「そこにいたよ！」彼は入るなり叫んだ。

Era como si estuviera enojado y feliz al mismo tiempo.

彼はまるで怒っていると同時に喜んでいるかのようでした。

Echó la cabeza hacia atrás y miró al padre.

彼は頭を後ろに引いて、父親を見上げた。

No se había imaginado que su padre estuviera allí así.

彼は父親がこんな風にそこに立っているとは想像もしていなかった。

Pero en los últimos tiempos había encontrado una nueva distracción.

しかし、彼は最近、新たな気晴らしを見つけた。

Gatear ahora ocupaba gran parte de su día.

這いずり回ることが彼の一日の大半を占めるようになった。

Antes, él estaba al tanto de todas las novedades que ocurrían en el apartamento.

以前、彼はアパート内のあらゆるニュースを記録していました。

Pero últimamente no había estado prestando tanta atención.

しかし、彼は最近それほど注意を払っていなかった。

Debería haber estado preparado para afrontar los cambios.

彼は変化に直面する覚悟をしておくべきだった。

Sin embargo, ¿era este hombre que tenía delante todavía el padre?

それでも、目の前のこの男は、まだ父親だったのだろうか？

¿Era él el mismo hombre que solía yacer cansado en su cama?

彼は、疲れてベッドに横たわっていたあの男と同じ人だったのだろうか？

Cuando Gregor ya se había ido de viaje de negocios.

グレゴールがすでに出張に出ていたときのこと。

¿Era él el mismo hombre que lo saludaba por las noches?

彼は夕方に彼に挨拶した同じ男だったのだろうか？

Cuando estaba en bata en su sillón.

彼がガウンを着て肘掛け椅子に座っていたとき。

¿Era el mismo hombre que no pudo levantarse a darle la bienvenida?

彼は、彼を迎えるために立ち上がることができなかった同じ男だったのだろうか？

Entonces, permaneciendo sentado, levantó el brazo en señal de alegría.

そこで彼は座ったまま、喜びの印として腕を上げました。

¿Era el mismo hombre con el que salía a caminar de vez en cuando?

彼は、時々一緒に散歩に出かける男性と同一人物だったのだろうか？

En raras ocasiones: algunos domingos al año o días festivos.

まれに、年に数回の日曜日、または休日。

¿Era el mismo hombre que caminaba envuelto en su abrigo?

彼はオーバーコートを着て歩いていた男と同一人物だろうか？

¿Avanzó lentamente, entre la madre y él?

彼は母親と自分の間をゆっくりと前進したのだろうか？

Y ellos ya caminaban lentamente por causa de él.

そして彼らはすでに彼のせいでゆっくり歩いていた。

Pero ahora este hombre estaba de pie, fuerte y erguido.

しかし今、この男は力強くまっすぐに立っていました。

Estaba vestido con un uniforme azul con botones dorados.

彼は金ボタンの付いた青い制服を着ていた。

Botones que llevan los empleados de las instituciones bancarias.

銀行機関の職員が着用するボタン。

Por encima del rígido cuello emergía su fuerte papada.

硬い襟の上に、彼のたくましい二重あごが現れた。

Bajo sus pobladas cejas se asomaban sus ojos negros.

彼のふさふさした眉毛の下の黒い目が外を見つめていた
。

Ahora sus ojos parecían penetrantes, frescos y alertas.

今、彼の目は鋭く、新鮮で、機敏に見えました。

El cabello blanco, anteriormente despeinado, fue peinado hacia abajo.

乱れていた白い髪が梳かされました。

Y su cabello ahora tenía una meticulosa raya central.

そして彼の髪は今や、中央で丁寧に分けられている。

Arrojó su sombrero, que estaba adornado con un monograma dorado.

彼は金色のモノグラムがついた帽子を投げた。

Probablemente era el monograma del banco en el que trabajaba.

それはおそらく彼が勤務していた銀行のモノグラムだったのでしょう。

Y el sombrero aterrizó en el sofá, para guardarlo más tarde.

そして帽子はソファの上に置かれ、後でしまっておかれ
ることになりました。

Empujó hacia atrás la parte inferior de la larga chaqueta del uniforme.

彼は制服の長いジャケットの裾を後ろに押し上げた。

Y metió los pulgares en los bolsillos de sus pantalones.

そして彼はズボンのポケットに親指を入れました。

Y luego, con cara sombría, caminó hacia Gregor.

それから、彼は厳しい顔でグレゴールに向かって歩いて
いった。

Probablemente ni siquiera sabía lo que planeaba hacer.

彼はおそらく自分が何を計画しているのかさえ知らなか
ったのだろう。

Pero aún así levantó los pies inusualmente alto.

しかし、それにもかかわらず、彼は足を異常に高く上げ
ました。

Gregor estaba asombrado por el enorme tamaño de sus botas.

グレゴールはブーツの巨大さに驚いた。

Pero realmente no había tiempo para maravillarse con sus zapatos.

しかし、彼の靴に驚嘆する時間は本当にありませんでし
た。

El padre había decidido aplicar una disciplina muy estricta.

父親は非常に厳しい躾をすることに決めていた。

Para Gregor sólo era apropiada la mayor severidad.

グレゴールには最大限の厳しさだけがふさわしい。

Él lo sabía desde el primer día de su transformación.

彼は変身した最初の日からこれを知っていました。

Corrió hacia su padre y se detuvo cuando él se detuvo.

彼は父親のところまで走り、父親が止まると止まりました。

Corrió hacia él nuevamente cuando se movió de nuevo.

彼が再び動くと、彼は再び彼の方へ走り去った。

El padre se detuvo un momento y Gregor también.

父親は一瞬立ち止まり、グレゴールも立ち止まった。

Y corrió hacia adelante nuevamente tan pronto como su padre se movió.

そして父親が動くとすぐに、彼はまた突進しました。

De esta manera dieron varias vueltas alrededor de la habitación.

こうして彼らは部屋の中を何度も回りました。

Nadie había conseguido aún ninguna ventaja decisiva.

まだ誰も決定的な優位性を獲得していませんでした。

No se podría haber tenido la impresión de una persecución.

追跡されているという印象は受けられなかっただろう。

Porque todo el acontecimiento se estaba produciendo demasiado lentamente.

なぜなら、イベント全体があまりにもゆっくりと進行していたからです。

Gregor había decidido quedarse en tierra.

グレゴールは地上に留まることに決めていた。

Podría haber corrido por las paredes y a lo largo del techo.

彼は壁を駆け上がり、天井に沿って走ることもできたでしょう。

Pero no quería provocar al padre innecesariamente.

しかし、彼は父親を不必要に刺激したくなかった。

Una huida así podría haber parecido especialmente perversa.

このような逃亡は、特に邪悪なものと思われたかもしれない。

Gregor admitió que esta persecución no podía durar mucho más.

グレゴールはこの追跡が長くは続かないだろうと認めた。

Cada paso debía ir acompañado de una miríada de movimientos.

一歩ごとに無数の動きが必要でした。

Ya empezaba a sentir falta de aire.

彼はすでに息切れを感じ始めていた。

Incluso antes nunca había tenido unos pulmones completamente confiables.

以前から彼は完全に信頼できる肺を持っていませんでした。

Avanzó tambaleándose, guardando sus fuerzas para la carrera.

彼は走るために体力を温存しながら、よろめきながら歩いた。

Estaba tan cansado que apenas podía mantener los ojos abiertos.

彼はとても疲れていたので、目を開けていられなかった。

Sus pensamientos se volvieron demasiado lentos para pensar en otras escapatorias.

彼の思考は遅くなりすぎて、他の脱出方法を考えることもできなくなった。

Casi había olvidado que los muros estaban a su disposición.

彼は壁が利用できることをほとんど忘れていた。

Pero de todos modos las paredes estaban ocultas detrás de los muebles.

しかし、壁は家具の後ろに隠れていました。

Y los muebles tenían demasiadas muescas y protuberancias.

そして家具には切り欠きや突起が多すぎました。

Y luego, justo a su lado, rodando, había una manzana.

すると、彼のすぐそばに、リンゴが転がっていました。

La manzana debió haberle sido arrojada, se dio cuenta.

リンゴはきっと投げつけられたに違いない、と彼は気づいた。

Pero no tuvo tiempo de pensar antes de que llegara otra manzana.

しかし、次のリンゴが来る前に、考える暇もありませんでした。

Gregor se quedó paralizado por la nueva estrategia del padre.

グレゴールは父親の新たな戦略に衝撃を受けて凍りついた。

Ya no podía ganar nada intentando huir.

彼はもう逃げようとしても何も得られなかった。

El padre había decidido bombardearlo con fruta.

父親は息子に果物を浴びせることに決めた。

Se había llenado los bolsillos con lo que había en el frutero de la cocina.

彼はキッチンのフルーツボウルからポケットをいっぱいにしていた。

Sin apuntar especialmente, lanzó manzana tras manzana.

彼は特に狙うでもなく、次から次へとリンゴを投げ続けた。

Estas pequeñas manzanas rojas rodaban por el suelo.

これらの小さな赤いリンゴは地面の上を転がり回りました。

Como si estuvieran electrificadas, las manzanas chocaron entre sí.

まるで電気が走ったかのように、リンゴは互いにぶつかり合いました。

Una de las manzanas lanzadas débilmente rozó la espalda de Gregor.

弱々しく投げられたリンゴの一つがグレゴールの背中をかすめた。

Afortunadamente para él, la manzana se deslizó sin sufrir daño.

幸いなことに、そのリンゴは滑り落ちて無害でした。

Sin embargo, la manzana lanzada después fue más precisa.

しかし、その後に投げられたリンゴの方が正確でした。

Y esta manzana se alojó profundamente en la espalda de Gregor.

そして、このリンゴはグレゴールの背中に深く刺さりました。

Gregor quería alejarse del dolor.

グレゴールはその苦痛から逃れたいと思った。

Quizás se pueda escapar de este nuevo e increíble dolor.

もしかしたら、この新たな、信じられないほどの痛みから逃れられるかもしれない。

Quizás un cambio de ubicación aliviaría su agonía.

おそらく場所を変えれば彼の苦しみは和らぐだろう。

Pero se sentía como si lo hubieran clavado al suelo.

しかし、彼は床に釘付けにされたように感じた。

Se estiró, pero sólo debido a su confusión.

彼は手を伸ばしてしまったが、それは単に混乱していたからだった。

Sólo con su última mirada vio que la puerta se abría.

彼は最後に一目見て初めてドアが開くのに気づいた。

La madre corrió hacia su hermana, que gritaba.

母親は叫び声をあげる妹の前に飛び出した。

La hermana la había desnudado, por lo que estaba en camisa.

姉は彼女の服を脱がせていたので、彼女はシャツ一枚だった。

Había necesitado respirar en su inconsciencia.

彼女は無意識の中で息抜きする空間を必要としていた。

Todavía veía cómo la madre corría hacia el padre.

彼は母親が父親に向かって走っていく様子をまだ見ていた。

Sus faldas se deslizaron hasta el suelo, una tras otra.

彼女のスカートが次々と地面に滑り落ちた。

La vio acercarse al padre y tropezar con su falda.

彼は彼女が父親に近づき、彼女のスカートにつまずくのを見た。

Abrazándolo, pidió que le perdonaran la vida a Gregor.

彼女は彼を抱きしめながら、グレゴールの命を助けるよう懇願した。

En completa unión con su cuerpo, su vista falló.

身体と完全に一体化したため、彼の視力は失われた。

Gregor sufrió la grave lesión durante más de un mes.

グレゴールさんは1か月以上にわたって重傷を負った。

La manzana quedó incrustada; nadie se atrevió a sacarla.

リンゴは埋め込まれたままで、誰もそれを取り出そうと
はしませんでした。

La manzana permaneció en su carne como un recordatorio visible.

リンゴは目に見える思い出として彼の肉体に残った。

Pero la manzana también sirvió como recordatorio para el padre.

しかし、リンゴは父親への警告としても機能しました。

Se dio cuenta de que no debía tratar a Gregor como a un enemigo.

彼はグレゴールを敵のように扱うべきではないことに気
づいた。

Actualmente su apariencia puede ser triste y repugnante.

現時点では彼の様子は悲しく不快なものとなっているか
もしれない。

Pero aún así, seguía siendo un miembro de su familia.

しかし、それでも彼は彼らの家族の一員でした。

Había que aceptar la reticencia y tolerarla.

その不本意な気持ちは受け入れ、我慢しなければならな
かった。

Debido a su herida, es posible que haya perdido su movilidad para siempre.

傷のせいで、彼の運動能力は永久に失われるかもしれな
い。

Todavía gateaba por su habitación, pero mucho más lento.

彼はまだ部屋の中を這い回っていましたが、以前よりず
っと遅くなっていました。

Arrastrarse a cualquier altura estaba fuera de cuestión.

いかなる高さでも這うことは不可能だった。

Pero Gregor recibió algún tipo de compensación.

しかし、グレゴールは何らかの形の補償金を受け取りま
した。

Por la noche se le abrió la puerta del salón.

夕方、リビングルームのドアが彼のために開けられまし
た。

**Y consideró que estas reparaciones eran completamente
adecuadas.**

そして彼は、これらの賠償金は完全に適切であると感じ
ました。

Antes del anochecer ya había empezado a vigilar la puerta.

夕方になる前に、彼はすでにドアを監視し始めていた。

Él yacía en la oscuridad, invisible desde la sala de estar.

彼はリビングルームからは見えない暗闇の中に横たわっ
ていた。

Pudo ver a toda la familia en la mesa iluminada.

彼は明かりのついたテーブルに家族全員が集まっている
のを見ることができた。

Ahora se le permitió escuchar sus conversaciones.

彼は今や彼らの会話を聞くことを許された。

Esto fue bastante diferente a su arreglo anterior.

これは彼らの以前の取り決めとはまったく異なっていました。

Las animadas conversaciones de tiempos pasados habían terminado.

以前のような活発な会話は終わりました。

Éstas eran las conversaciones que tanto anhelaba.

これらは彼がかつて切望していた会話だった。

Cuando dormía solo en pequeñas habitaciones de hotel.

彼が小さなホテルの部屋で一人で寝ていたとき。

Cuando tuvo que arrojarse entre las sábanas húmedas.

湿った布団の中に身を投げ出さなければならなかったとき。

Pero ahora las tardes eran en su mayoría tranquilas y sin acontecimientos.

しかし、今では夕方はほとんど静かで何も起こらない。

El padre se quedó dormido en su sillón después de cenar.

父親は夕食後、肘掛け椅子で眠ってしまった。

Y la madre y la hermana se animaban mutuamente a guardar silencio.

そして母親と妹は互いに静かにするように促し合った。

La madre, inclinada hacia la luz, cosía lino.

母親は明かりの上に深く身を乗り出して、リネンを縫っていました。

Ahora ella hace vestidos para una de las tiendas de moda.

彼女は現在、あるファッションストアのためにドレスを製作しています。

Al igual que Gregor, la hermana había conseguido un trabajo como vendedora.

グレゴールと同じように、妹も販売員として働いていた
。

Ella estaba aprendiendo taquigrafía y francés por las tardes.
彼女は夜に速記とフランス語を学んでいました。
**Para que más adelante pudiera tal vez conseguir un mejor
puesto de trabajo.**
そうすれば、彼女は将来、もっと良い仕事に就けるかも
しれない。
A veces el padre se despertaba de sus siestas nocturnas.
時々、父親は夕方の昼寝から目覚めることもあった。
"¡Cariño, ya llevas un buen rato cosiendo hoy!"
「ダーリン、今日はもう長いこと縫い物をしていたね！
」
Parecía haber olvidado que había estado durmiendo.
彼は寝ていたことを忘れていたようだ。
Pero inmediatamente volvió a caer en un sueño profundo.
しかし、彼はすぐにまた眠りに落ちた。
Y la madre y la hermana se sonrieron cansadamente.
そして母と妹は互いに疲れたように微笑んだ。
El padre había desarrollado una extraña y nueva terquedad.
父親は奇妙な新たな頑固さを身につけていた。
Incluso en casa se negó a quitarse el uniforme de sirviente.
彼は家でも使用人の制服を脱ぐことを拒否した。
Y su bata colgaba inútilmente en la percha.
そして彼のガウンは役に立たずにハンガーに掛かってい
た。
**Así pues, el padre dormía, completamente vestido, en su
sillón.**
それで父親は服を着たまま、肘掛け椅子で眠った。

Era como si siempre estuviera dispuesto a prestar su servicio.

まるで彼はいつでも奉仕する準備ができているかのようだった。

Como si estuviera esperando la voz de su superior.

まるで上司の声を待っていたかのようだった。

Esto provocó que su uniforme perdiera su limpieza.

その結果、彼の制服は清潔さを失ってしまいました。

Aunque el uniforme tampoco era nuevo cuando lo recibió.

もっとも、彼が制服を手に入れたときも、その制服は新品ではなかった。

Y la madre hizo todo lo posible para cuidar el uniforme.

そして母親は制服の手入れに全力を尽くしました。

Gregor pasaba tardes enteras mirando este uniforme.

グレゴールは一晩中この制服を眺めていた。

Observó cómo el anciano dormía de manera muy incómoda.

彼は老人がひどく不快に眠っているのを見ていた。

Pero mientras dormía también notó algo pacífico.

しかし、彼は眠っている間に、何か平和なものにも気づきました。

Cuando el reloj dio las diez la madre intentó despertarlo.

時計が10時を打ったとき、母親は息子を起こそうとした。

Ella habló en voz baja y lo convenció de ir a la cama.

彼女は静かに話し、彼に寝るように説得した。

Porque dormir en el sillón no era dormir de verdad.

なぜなら、肘掛け椅子で寝るのは本当の睡眠ではないからです。

Iba a tener que empezar a trabajar a las seis en punto.

彼は6時に仕事を始めなければならなかった。

Así que realmente necesitaba dormir lo mejor posible.

だから彼は本当に、できる限り良い睡眠をとる必要があったのです。

Pero una nueva forma de terquedad se apoderó de él.

しかし、彼は新たな形の頑固さにとらわれていた。

Convertirse en sirviente había comenzado a tener ese efecto en él.

召使になることが彼にこのような影響を及ぼし始めていた。

Así que siempre insistía en quedarse más tiempo en la mesa.

それで彼はいつもテーブルに長く留まろうと主張した。

Aunque con regularidad volvía a quedarse dormido en su silla.

彼はまた定期的に椅子に座ったまま眠り込んでしまった。

Y sólo con la mayor dificultad pudo ser movido.

そして、彼は非常に困難を伴ってのみ移動させることができた。

Tuvieron que decirle que la cama sería mejor para él.

ベッドのほうが彼にとって良いだろうと告げられなければならなかった。

Madre y hermana tuvieron que insistir con pequeñas advertencias.

母と妹は少し警告しながら主張しなければなりませんでした。

Durante quince minutos se limitó a menear lentamente la cabeza.

15分間、彼はただゆっくりと首を振っていた。

Y mantuvo los ojos cerrados y se negó a levantarse.

そして彼は目を閉じたまま、起き上がることを拒否しました。

La madre tiró de su manga, suavemente, pero con firmeza.

母親は息子の袖を優しく、しかししっかりと引っ張った。

Y ella susurró palabras halagadoras en sus oídos cansados.

そして彼女は彼の疲れた耳にお世辞の言葉をささやいた。

La hermana abandonó la tarea que tenía entre manos para ayudar a su madre.

妹は母親を手伝うために、自分がしていた仕事を放棄した。

Pero ninguno de sus esfuerzos funcionó con el padre.

しかし、彼らの努力はどれも父親には効果がなかった。

Se hundió aún más en su silla, preparado para dormir.

彼は眠る準備をして、椅子にさらに深く沈み込んだ。

Y finalmente las mujeres lo agarraron por las axilas.

そしてついに、女性たちは彼の脇の下をつかんだ。

Abrió los ojos y los miró alternativamente.

彼は目を開けて交互にそれらを見た。

"¡Qué vida ésta!" se quejó al irse a dormir.

「なんて人生だ」と彼は寝床に就きながら不満を漏らした。

"¿Es esta la paz que me ha sido dada en mi vejez?"

「これが老後に与えられた安らぎなのだろうか？」

Pero entonces, apoyándose en las dos mujeres, se levantó torpemente.

しかし、彼は二人の女性に寄りかかりながら、ぎこちな
く立ち上がった。

Actuó como si llevara la carga más pesada.
彼はまるで最も重い重荷を背負っているかのように振る
舞った。

Dejó que las dos mujeres lo guiaran hasta el final de la habitación.
彼は二人の女性に部屋の端まで案内してもらった。

Allí les deseó buenas noches y continuó su camino.
そこで彼は彼らにおやすみなさいを告げ、一人で歩き続
けた。

Pero la madre rápidamente arrojó su kit de costura.
しかし、母親は慌てて裁縫道具を投げ捨てました。

Y la hermana también dejó el bolígrafo y el bloc de notas.
そして妹もペンとメモ帳を置きました。

Y corrieron detrás del padre para ayudarle aún más.
そして彼らは父親をさらに助けるために後ろを走りまし
た。

¿Quién en esta familia sobrecargada de trabajo tenía tiempo para Gregor?
この働きすぎの家族の中で、誰がグレゴールのために時
間を割けるだろうか？

¿Quién podría haberle prestado más atención de la necesaria?
誰が彼に必要以上の注目を向けただろうか？

El presupuesto familiar se fue restringiendo cada vez más.
家計の予算はますます厳しくなっていった。

Al final, para ahorrar dinero, tuvieron que despedir a la criada.

結局、お金を節約するためにメイドを解雇しなければなりませんでした。

Fue reemplazada por una mujer de cabello blanco y huesos gruesos.

彼女の代わりとなったのは、骨太で白髪の女性だった。

Pero esta mujer venía sólo por la mañana y por la tarde.

しかし、この女性は朝と夕方にしか来ませんでした。

Y todo el trabajo más pesado y duro quedó guardado para ella.

そして、最も重くて大変な仕事はすべて彼女のために残されました。

La madre se encargaba de todos los demás quehaceres.

その他の家事はすべて母親が担当しました。

Incluso ocurrió que se vendieron varias joyas familiares.

家宝のさまざまな品々が売られることもあった。

Joyas que las mujeres lucieron felizmente durante las celebraciones.

女性たちが祝賀会の際に喜んで身につけていた宝石。

Gregor aprendió esto en una de las discusiones generales.

グレゴールは一般的な議論の1つからこれを知りました。

La mayor queja, sin embargo, fue otra.

しかし、最大の不満は別の点でした。

El apartamento era demasiado grande, pero no podían mudarse.

アパートは大きすぎたが、彼らは引っ越すことができなかった。

No había manera de que pudieran reubicar a Gregor.

グレゴールを移住させることは不可能だった。

Pero Gregor se dio cuenta de que no era sólo una consideración.

しかしグレゴールは、それが単なる配慮ではないことに気づいた。

Algo más les impidió mudarse a otro lugar.

何か他のものが、彼らがどこか別の場所へ移動することを阻止した。

Podría haber sido fácilmente transportado en una caja adecuada.

適切な箱に入れて簡単に輸送できたはずです。

Sus sentimientos de completa desesperanza los frenaron.

完全な絶望感によって彼らは立ち止まった。

No querían admitir que la desgracia les había golpeado.

彼らは不幸が自分たちに襲いかかったことを認めたくなかった。

Lo que el mundo exige de los pobres, ellos lo cumplen.

世界が貧しい人々に要求していることを彼らは満たした。

El padre le preparó el desayuno al pequeño empleado del banco.

父親は小さな銀行員のために朝食を持ってきた。

La madre se sacrificó por la ropa de desconocidos.

母親は他人の洗濯のために自分を犠牲にした。

La hermana corría de un lado a otro para atender los pedidos de los clientes.

姉は客の注文のためにあちこち走り回っていた。

Pero ya no tenían fuerzas para hacer más.

しかし、彼らにはそれ以上のことをする力が残っていなかったのです。

La herida en la espalda de Gregor comenzó a doler aún más.

グレゴールの背中の傷はさらに痛み始めた。

Cada noche, la madre y la hermana llevaban al padre a la cama.

毎晩、母と妹が父親をベッドに連れて行きました。

Dejaron su trabajo donde estaba y se sentaron juntos.

彼らは仕事をそのままにして、一緒に座りました。

Y se acercaron más y se sentaron mejilla contra mejilla.

そして彼らはさらに近づき、頬を寄せ合って座りました。

La madre señaló la habitación desde donde él observaba.

母親は彼が見ていた部屋を指さした。

"¿Podrías cerrar la puerta?" le preguntó a la hermana.

「ドアを閉めてもらえますか」と彼女は妹に尋ねた。

Y entonces Gregor se quedó solo otra vez en la oscuridad.

そしてグレゴールは再び暗闇の中に一人残されました。

Y en la habitación de al lado la mujer mezcló sus lágrimas.

そして隣の部屋で、その女性は二人の涙を混ぜ合わせた。

O bien se quedaban sentados con los ojos secos, simplemente mirando la mesa.

あるいは、涙も流さずにただテーブルを見つめて座っていた。

Gregor apenas durmió, ni de noche ni de día.

グレゴールは夜も昼もほとんど眠らなかった。

A menudo pensaba en cómo podría ayudar a la familia.

彼はどうすれば家族を助けることができるかを頻繁に考えていた。

Pensó en ganar dinero nuevamente para ellos.

彼は彼らのためにもう一度お金を稼ぐことを考えた。

Pensó en hacer lo que solía hacer por ellos.

彼は以前彼らのためにしていたことをやろうと考えた。

En sus pensamientos regresó el representante autorizado.

彼の考えの中に、代表者が戻ってきた。

Y esta vez el jefe también vino al apartamento.

そして今度は上司もアパートに来ました。

Y los oficinistas y los aprendices también estaban allí.

店員や見習いたちもそこにいました。

Incluso el lento empleado de la oficina vino a verlo.

鈍い事務員も彼に会いに来た。

Había dos o tres amigos de otros negocios.

他の業界の友人も2、3人いました。

Una de las camareras de un hotel de provincias.

地方のホテルで働くメイドの一人。

Un recuerdo querido y fugaz al que intentó aferrarse.

彼が大切でつかの間の思い出を守ろうとした。

Una cajera de una sombrerería para quien tenía intenciones.

彼が好意を抱いていた帽子店のレジ係。

Pero había sido un poco lento en ganar su aprobación.

しかし、彼女の承認を得るには、彼は少し遅すぎた。

Todos ellos aparecieron en sus pensamientos, mezclados con desconocidos.

彼ら全員が、見知らぬ人々と混じって彼の思考の中に現れた。

Y otros no aparecieron, ya estaban olvidados.

そして、他のものは現れず、すでに忘れ去られていました。

Pero no le ayudaron a él ni tampoco a la familia.

しかし彼らは彼を助けず、その家族も助けなかった。

Eran inaccesibles y él se alegró cuando se fueron.

彼らは近づきがたい存在だったので、彼らが去ったとき彼は嬉しかった。

No siempre estaba de humor para preocuparse por la familia.

彼はいつも家族のことを心配する気分ではなかった。

Y se llenó de rabia por la falta de atención.

そして彼は注目されないことに激怒した。

Y no podía imaginar nada que le apeteciera.

そして彼は自分が食べたいものを何も想像できなかった。

Pero aún así hizo planes para entrar en la despensa.

しかし、彼はまだ食料貯蔵室に侵入する計画を立てていました。

Y él iba a tomar todo lo que se merecía.

そして彼は、自分が当然得るべきものをすべて受け取るつもりだった。

La hermana ya no hacía ningún esfuerzo especial por él.

妹はもう彼のために特別な努力をしなくなった。

Ella ya no pasaba el tiempo pensando en complacerlo.

彼女はもう彼を喜ばせることについて考える時間を費やさなくなった。

Antes de ir a trabajar, rápidamente metió algo de comida en la habitación.

仕事の前に彼女は急いで食べ物を部屋に運び込んだ。

Y por la noche volvió a barrer rápidamente la comida.

そして夕方になると、彼女はまた急いで食べ物を掃き集めました。

Ya no se daba cuenta de si había comido o no.

彼が食べたかどうかは、彼女はもう気にしなかった。

En la actualidad, la mayoría de las veces la comida se dejaba intacta.

今では食べ物がそのまま残されることがほとんどです。

Ella todavía barría rápidamente la habitación por la noche.

彼女は夕方になると相変わらず部屋中を素早く掃除した。

Pero ahora hizo lo mínimo, lo más rápido posible.

しかし今、彼女はできるだけ早く、最低限のことをしました。

Quedaron vetas de suciedad corriendo por las paredes.

壁に沿って汚れの筋が残っていました。

Bolas de polvo y basura quedaron tiradas en el suelo.

ほこりやゴミの塊が床に放置されていました。

Gregor mostró su desaprobación por su falta de cuidado.

グレゴールは彼女の無関心に対して不満を示した。

Se giró en un ángulo particularmente significativo.

彼は特に大きな角度で体を回転させた。

Pero podría haber permanecido en el puesto durante semanas.

しかし、彼は何週間もその地位に留まることができたはずだ。

Su hermana no habría notado su insatisfacción.

彼の妹は彼の不満に気づかなかっただろう。

Ella veía la suciedad tan bien como él, o incluso mejor.

彼女は彼と同じくらい、いや、それ以上に汚れをよく見
ていた。

Pero ella había decidido dejar la tierra donde estaba.

しかし彼女は、土をそのままにしておくことに決めまし
た。

**En ese momento adoptó una sensibilidad completamente
nueva.**

その時彼女は全く新しい感性を身につけた。

**Ella había hecho de la limpieza de la habitación de Gregor
su responsabilidad.**

彼女はグレゴールの部屋の掃除を自分の仕事にしていた
。

La familia se sintió conmovida por su amable consideración.

家族は彼女の優しい心遣いに感動した。

**Una vez, la madre le había dado a su habitación una
limpieza a fondo.**

一度、母親が息子の部屋を徹底的に掃除したことがあり
ました。

**Sólo después de utilizar unos cuantos baldes de agua lo
consiguió.**

彼女は数杯の水を使ってようやく成功した。

**Sin embargo, la nueva humedad en la habitación perjudicó a
Gregor.**

しかし、部屋の新たな湿気はグレゴールに悪影響を及ぼ
した。

Y él yacía ancho, amargado e inmóvil en el sofá.

そして彼はソファの上に、苦々しい表情でじっと横たわ
っていた。

Pero ese fue sólo su primer castigo por ayudar.

しかし、それは彼女を助けたことに対する最初の罰に過ぎませんでした。

La hermana notó rápidamente el cambio en la habitación de Gregor.

妹はすぐにグレゴールの部屋の変化に気づいた。

Y ella corrió a la sala, extremadamente insultada.

そして彼女はひどく侮辱された気分でリビングルームに走って行きました。

Su madre levantó las manos y trató de implorarle.

母親は両手を挙げて、彼女に懇願しようとした。

Pero a pesar de una explicación sincera, ella rompió a llorar.

しかし、誠実に説明したにもかかわらず、彼女は泣き出してしまった。

El padre, por supuesto, se sobresaltó y se levantó de la silla.

父親は当然ながら驚いて椅子から飛び上がってしまいました。

Y los dos padres miraban asombrados e impotentes.

両親は驚きと無力感に襲われながらそれを見ていました。

Y con el tiempo sus emociones también se agitaron.

そしてついには彼らの感情も動揺してしまいました。

El padre reprochó a la madre lo que había hecho.

父親は母親の行為を非難した。

"Deberías haber dejado la habitación para que Grete la limpiara."

「グレーテが掃除できるように部屋を空けておくべきだったよ。」

Grete le gritó a la madre por limpiar su habitación.

グレーテは自分の部屋を掃除した母親に怒鳴りました。

"¡Nunca más podrás limpiar su habitación!"

「二度と彼の部屋を掃除することは許されないぞ！」

La madre intentó arrastrar al padre al dormitorio.

母親は父親を寝室に引きずり込もうとした。

La hermana se quedó en la habitación, temblando y sollozando.

妹は震えながら泣きながら部屋に残された。

Y golpeó la mesa con sus pequeños puños.

そして彼女は小さな拳でテーブルを叩きました。

Y Gregor, enojado, siseó fuertemente contra todos ellos.

そしてグレゴールは彼ら全員に向かって怒って大声でシューッと言った。

¿Por qué a nadie se le ocurrió cerrarle la puerta?

なぜ誰も彼のためにドアを閉めることを考えなかったのでしょうか?

Podrían haberle ahorrado esta vista y este ruido.

彼らは彼にこの光景と騒音を見せないようにできたはずだ。

La hermana estaba agotada después de llegar a casa del trabajo.

妹は仕事から帰宅後、疲れきっていた。

Y cuidar a Gregor era aún más trabajo para ella.

そしてグレゴールの世話をするのは彼女にとってさらに大変な仕事だった。

Pero eso no significaba que la madre debía haberlo hecho.

しかし、だからといって母親がそうすべきだったというわけではない。

A Gregor, por el contrario, no hay que descuidarlo.

一方、グレゴールを無視すべきではない。

Pero ahora tenían una nueva criada que podía hacer esas cosas.

しかし今、彼らにはそのようなことができる新しいメイドがいたのです。

Una viuda anciana que tenía una estructura ósea robusta.

がっしりとした骨格を持つ年老いた未亡人。

Una estatura que la ayudó a sobrevivir a su difícil vida.

その地位が、彼女の困難な人生を生き抜く助けとなった。

Ella no sentía ninguna aversión real hacia la apariencia de Gregor.

彼女はグレゴールの外見に対して特に嫌悪感を抱いていなかった。

Ella había abierto accidentalmente la puerta de la habitación de Gregor.

彼女は誤ってグレゴールの部屋のドアを開けてしまった。

No fue por ninguna curiosidad particular sobre la habitación.

それはその部屋に対する特別な好奇心からではありませんでした。

Ella simplemente estaba haciendo su trabajo y por casualidad abrió la puerta.

彼女はただ仕事をしていたのですが、たまたまドアを開けてしまったのです。

Gregor, por supuesto, quedó completamente sorprendido por ella.

もちろん、グレゴールは彼女に完全に驚かされました。

No lo perseguían, sino que corría de un lado a otro.

追いかけられてはいなかったが、彼は行ったり来たり走り回っていた。

Y ella simplemente cruzó sus brazos y lo observó gatear.

そして彼女はただ腕を組んで、彼が這うのを見守っていました。

Desde entonces ella siempre le abría un poquito la puerta.

それ以来、彼女はいつも彼のために少しだけドアを開けてくれました。

Una mañana ella entró para ver cómo estaba.

ある日の朝、彼女は彼の様子を見るために部屋を覗いた。

Y por la tarde ella fue a ver cómo estaba antes de irse.

そして夕方、彼女は出発する前に彼の様子を確認した。

Al principio ella también intentó llamarlo para que viniera con ella.

最初、彼女も彼に自分のところに来るように呼びかけようとしました。

"¡Ven aquí, viejo escarabajo pelotero!", solía decir.

「こっちへおいで、年老いたフンコロガシ！」と彼女はよく言っていました。

O ella dijo, "¡mira ese viejo escarabajo pelotero!", amigablemente.

あるいは、彼女は「古いフンコロガシを見て！」と親しみを込めて言いました。

Gregor nunca reaccionó cuando le hablaron de esa manera.

グレゴールは、そのように話しかけられても決して反応しなかった。

Él permaneció allí, sin moverse, y la ignoró.

彼は動かずにそこに立ち、彼女を無視した。

"Si le hubieran dicho cómo hacer correctamente su trabajo."

「彼女が仕事の正しいやり方を教えられていればよかったのに。」

"En lugar de molestarme debería limpiar mi habitación."

「彼女は私に迷惑をかける代わりに私の部屋を掃除するべきだ。」

Una mañana temprano una fuerte lluvia golpeó las ventanas.

ある日の早朝、激しい雨が窓を叩きました。

Quizás la lluvia ya era una señal de la llegada de la primavera.

もしかしたら、その雨はすでに春の到来を告げていたのかもしれない。

La criada comenzó a hablarle de esa manera una vez más.

メイドはまた同じように彼に話しかけ始めた。

Gregor estaba tan amargado que se giró para mirarla.

グレゴールは非常に憤慨したので彼女の方を向いた。

Era lento y débil, pero fue una especie de ataque.

彼は動きが鈍く、虚弱だったが、それは一種の攻撃だった。

La criada, sin embargo, no tenía ningún miedo de Gregor.

しかしながら、メイドはグレゴールをまったく恐れていなかった。

En lugar de eso, levantó una silla que estaba cerca de la puerta.

代わりに、彼女はドアの近くにあった椅子を持ち上げました。

Y ella permaneció allí, tranquilamente, con la boca abierta.

そして彼女は口を大きく開けたまま、静かにそこに立っていました。

Sus intenciones eran claras, incluso Gregor podía verlo.

彼女の意図は明らかで、グレゴールにもそれが分かった。

Y se giró, lentamente, a su posición original.

そして彼はゆっくりと元の位置に戻りました。

—Entonces no quieres acercarte más, ¿verdad?

「じゃあ、もう近づきたくないんだね？」

Y silenciosamente volvió a poner la silla en la esquina.

そして彼女は静かに椅子を隅に戻しました。

Gregor ya casi no comía nada.

グレゴールはもうほとんど何も食べなくなっていた。

A veces, mientras caminaba por la habitación, se detenía.

時々、部屋の中を歩き回っていると、彼は立ち止まりました。

Y se encontró junto a la comida preparada para él.

そして彼は、自分のために用意された食べ物の隣に立っていることに気づいた。

Se llevó la comida a la boca, pero sólo para jugar con ella.

彼は食べ物を口に入れましたが、それはただ遊ぶためだけでした。

Y muy a menudo lo escupía de nuevo al cabo de unas horas.

そして、数時間後にまた吐き出すこともよくありました。

Trató de encontrar una razón para su falta de apetito.

彼は食欲不振の原因を見つけようとした。

Quizás porque estaba triste por el estado de su habitación.

おそらく彼は自分の部屋の状態に悲しさを感じていたからでしょう。

Pero ya se había adaptado a los cambios que se producían en la habitación.

しかし彼は部屋の変化を受け入れていた。

Recientemente su habitación se había convertido en una especie de almacén.

最近彼の部屋は一種の物置のようになっていた。

Se habían acostumbrado a dejar las cosas allí.

彼らはそこに物を置いておく習慣がついていた。

Y ahora quedaban muchas cosas así en su habitación.

そして今では彼の部屋にはそういったものがたくさん残っていた。

Porque una habitación del apartamento estaba alquilada.

アパートの一室が貸し出されていたからです。

Tres caballeros serios alquilaban la habitación juntos.

真面目な紳士三人が一緒に部屋を借りていました。

Gregor los vio una vez a través de una rendija en la puerta.

グレゴールはかつてドアの隙間から彼らに気づいたことがある。

Llevaban barbas pobladas y estaban vestidos meticulosamente.

彼らは豊かなあごひげを生やし、きちんとした服装をしていた。

Eran escrupulosos en mantener todo ordenado.

彼らはすべてをきちんと整頓しておくことに細心の注意を払っていた。

Su insistencia en el orden no se limitaba a su habitación.

彼らのきれいさへのこだわりは部屋だけに留まらなかった。

Todo el apartamento tenía que mantenerse perfectamente limpio.

アパート全体を完璧に清潔に保たなければなりませんでした。

Eran aún más exigentes con el aspecto de la cocina.

彼らはキッチンの見た目についてさらにこだわりを持っていました。

Y no podían tolerar ningún desorden innecesario.

そして彼らは不必要な乱雑さを許容することができませんでした。

También habían traído consigo sus propios muebles.

彼らは自分たちの家具も持参していました。

Por esta razón muchas cosas se habían vuelto superfluas.

このため、多くのものが不要になってしまいました。

Eran cosas por las que nadie pagaría dinero.

それらは誰もお金を払おうとしないものでした。

Pero la familia tampoco quería deshacerse de estas cosas.

しかし、家族もこれらのものを捨てたくありませんでした。

Todas estas cosas fueron a parar a la habitación de Gregor.

これらすべてはグレゴールの部屋のどこかにありました。

El cajón de cenizas de la cocina ahora estaba guardado en su habitación.

台所の灰箱は今、彼の部屋に保管されていました。

Y la basura se guardaba en su habitación hasta el día de la basura.

そしてゴミはゴミの日まで彼の部屋に保管されていました。

La criada arrojó todo lo que no necesitaba en su habitación.

メイドは必要のないものはすべて彼の部屋に投げ込んだ。

Afortunadamente no vio más que la mano y el objeto.

幸いなことに、彼は手と品物以外は何も見ませんでした。

Probablemente tenía la intención de volver a buscar las cosas más tarde.

彼女はおそらく後で物を取りに戻ってくるつもりだったのでしょう。

O tal vez quería tirarlo todo de una vez.

あるいは、すべてを一気に捨て去りたかったのかもしれません。

Sin embargo, todo permaneció donde había quedado al principio.

しかし、すべては最初に着陸した場所にそのまま残りました。

A menos que Gregor moviera la basura moviéndose a través de ella.

グレゴールが身をよじってそのゴミを移動させない限りは。

Al principio se vio obligado a arrastrarse entre toda la basura.

最初、彼はあらゆるゴミの中を這って進まざるを得ませんでした。

No tenía posibilidad de evitarlo.

彼がそうすることを避けることは不可能だった。

Pero más tarde realmente encontró placer en esta actividad.

しかし後に彼は実際にこの活動に喜びを見出しました。

Aunque tal esfuerzo lo dejó triste y profundamente cansado.

しかし、そのような努力は彼に悲しみと深い疲労を残しました。

Y después no pudo moverse durante muchas horas.

そしてその後、彼は何時間も動けなくなってしまいました。

Los inquilinos a veces comían en la sala de estar.

下宿人たちは時々リビングルームで食事をとることもあった。

La puerta del salón permanecía cerrada esas noches.

その夜、リビングルームのドアは閉まったままでした。

Pero a Gregor no le resultó difícil no abrir la puerta.

しかしグレゴールは今ドアを開けないことに何の困難も感じなかった。

Incluso cuando la puerta estaba abierta, no siempre miraba hacia afuera.

ドアが開いているときでも、彼は必ずしも外を見ているわけではありませんでした。

Pero él se acostó en el rincón más oscuro de la habitación.

しかし彼は部屋の最も暗い隅に横たわった。

La familia tampoco notó su falta de atención.

家族も彼の不注意に気づかなかった。

Pero hubo una vez que la criada dejó la puerta abierta.

しかし、メイドさんがドアを開けたままにしていたこと
が一度ありました。

La puerta permaneció abierta incluso cuando los inquilinos regresaron.

下宿人が戻った後もドアは開いたままだった。

Y la puerta estaba abierta cuando se encendió la luz.

そして、電気がついたとき、ドアは開いていました。

El hombre se sentó a la mesa donde la familia cenaba.

その男は家族が夕食をとっていたテーブルに座った。

Allí se sentaron en el pasado el padre, la madre y Gregor.

昔、父、母、そしてグレゴールがそこに座っていました
。

Desplegaron las servilletas y cogieron cuchillos y tenedores.

彼らはナプキンを広げ、ナイフとフォークを取りました
。

La madre apareció en la puerta con un plato de carne.

母親が肉の入ったボウルを持って戸口に現れた。

Entonces la hermana entró con un cuenco lleno de patatas.

すると、姉がジャガイモがいっぱい入ったボウルを持っ
て入ってきました。

Los inquilinos se inclinaron sobre los cuencos colocados delante de ellos.

下宿人たちは目の前に置かれたボウルにかがみ込んだ。

El humo denso de la comida les llegaba hasta la nariz.

食べ物の濃い煙が彼らの鼻まで上がってきた。

Pero aún no habían decidido si comerían la comida.

しかし、彼らはその食べ物を食べるかどうかまだ決めて
いませんでした。

Quizás enviarían la comida de vuelta a la cocina.

おそらく彼らは食事をキッチンに送り返すでしょう。

El hombre sentado en el medio parecía ser la autoridad.

真ん中に座っていた男が権威者のようだった。

Cortó la carne para determinar si estaba lo suficientemente tierna.

彼は肉が十分柔らかいかどうかを確認するために肉を切った。

Estaba satisfecho con el olor y el aspecto de la comida.

彼は食べ物の匂いと見た目に満足した。

La madre y la hermana los observaban ansiosamente.

母親と妹は心配そうに彼らを見守っていた。

Y empezaron a sonreír con un suspiro de alivio.

そして彼らは、蓄積された安堵のため息をつきながら微笑み始めた。

La propia familia iba a comer en la cocina.

家族自身はキッチンで食事をするつもりでした。

Pero primero el padre fue a ver cómo estaban los inquilinos.

しかし、まず父親は下宿人たちの様子を確認しに行きました。

Hizo una reverencia, sosteniendo en su mano su gorra de trabajo.

彼は仕事用の帽子を手に持ち、一度お辞儀をした。

Y caminó en círculo alrededor de la mesa, hacia cada invitado.

そして彼はテーブルの周りを一周して、それぞれの客のところへ行きました

Todos los inquilinos se pusieron de pie y murmuraron algo entre dientes.

下宿人たちは全員立ち上がり、ひげに顔を近づけてぶつ
ぶつ言った。

Después de que él se fue, comieron en un silencio casi absoluto.

彼が去った後、彼らはほとんど沈黙して食事をした。

A Gregor le pareció extraño que pudiera oír la masticación.

グレゴールにとって、咀嚼音が聞こえるのは奇妙に思え
た。

Ningún otro aspecto de la alimentación parecía emitir ningún sonido.

食事の他の部分では、音は出ないようでした。

Pero podía oír claramente el rechinar de los dientes.

しかし、彼は歯ぎしりの音をはっきりと聞くことができ
ました。

Parecían decirle que necesitaba dientes para comer.

食べるためには歯が必要だと言っているようでした。

"No puedes hacer nada si tus mandíbulas no tienen dientes".

「あごに歯がなければ何もできない。」

"Me gustaría comer algo", dijo Gregor ansiosamente.

「何か食べたいな」とグレゴールは心配そうに言った。

"Pero no tengo apetito para lo que están comiendo".

「でも、皆さんが食べているものには、私は食欲があり
ません。」

"Mira cómo comen estos huéspedes y yo aquí muriéndome de hambre".

「この下宿人たちが食べているのを見てよ、私は飢えて
いるのに。」

Aquella noche Gregor pensó por casualidad en el violín.

グレゴールはその晩、ふとバイオリンのことを考えた。

No había oído el violín desde la transformación.

彼は変身以来バイオリンの音を聞いていなかった。

Pero entonces, esta noche, se oyó un ruido desde la cocina.

ところが、その晩、キッチンから音が聞こえた。

Los caballeros ya habían terminado su cena.

紳士たちはすでに夕食を終えていました。

El caballero del medio había comenzado a leer un periódico.

真ん中の紳士は新聞を読み始めていた。

Les había dado a los otros dos caballeros una hoja a cada uno.

彼は他の二人の紳士にそれぞれ一枚ずつシーツを渡していた。

Y ahora estaban recostados, leyendo y fumando.

そして今、彼らは背もたれにもたれながら本を読んだりタバコを吸ったりしていた。

Cuando el violín empezó a sonar, se pusieron atentos.

バイオリンが演奏し始めると、彼らは注目するようになりました。

Se levantaron y caminaron de puntillas hacia la puerta de la antesala.

彼らは立ち上がり、つま先立ちで控え室のドアまで歩いた。

Allí estaban, acurrucados juntos, escuchando desde la puerta.

そこで彼らは身を寄せ合い、ドアのところで耳を澄ませていた。

La familia debió haber escuchado a los hombres desde la cocina.

家族は台所から男たちの声を聞いたに違いない。

Porque el padre los llamó y les preguntó;

父親が彼らに呼びかけて尋ねたからです。

¿Acaso el violín resulta incómodo para los caballeros?

「ヴァイオリンは紳士には不向きでしょうか？」

"Si no te gusta la música podemos parar inmediatamente."

「音楽が気に入らなかったら、すぐにやめてください。
」

"Al contrario", dijo el centro de los caballeros.

「その逆だ」と紳士の真ん中の者が言った。

"¿Le gustaría a la señorita tocar el violín en nuestra habitación?"

「お嬢様は私たちの部屋でバイオリンを弾いてみませんか？」

"Definitivamente es mucho más cómodo y acogedor aquí".

「ここは間違いなくずっと快適で居心地が良いです。」

El padre respondió como si fuera el propio violinista.

父親はまるで自分がバイオリニストであるかのように答えた。

"Oh, por favor, eso sería maravilloso", exclamó el padre.

「ああ、どうか、それは素晴らしいことだ」と父親は叫んだ。

Los caballeros regresaron a la sala de estar y esperaron.

紳士たちはリビングルームに戻って待った。

Pronto el padre entró en la habitación con el atril.

やがて父親が譜面台を持って部屋に入ってきた。

La madre entró en la habitación con el libro de música.

母親が楽譜を持って部屋に入ってきた。

Y la hermana entró en la habitación con el violín.

そして妹がバイオリンを持って部屋に入ってきた。

Ella preparó todo con calma para tocar el violín.

彼女は落ち着いてバイオリンを演奏する準備を整えた。

Los padres exageraron su cortesía y modales.

両親は礼儀正しさやマナーを誇張していた。

Nunca antes habían alquilado habitaciones a huéspedes.

彼らはこれまで下宿人に部屋を貸したことがなかった。

Y ni siquiera se atrevieron a sentarse en sus propias sillas.

そして彼らは自分の椅子に座ることさえしませんでした

。

En lugar de sentarse, el padre se apoyó contra la puerta.

父親は座る代わりにドアに寄りかかった。

Su mano derecha estaba entre dos botones de su abrigo.

彼の右手はコートの二つのボタンの間にあった。

Sin embargo, un caballero le ofreció una silla a la madre.

しかし、ある男性は母親に椅子を勧めました。

Pero ella se sentó donde el caballero había colocado la silla.

しかし彼女は紳士が椅子を置いた場所に座った。

Y no había colocado la silla en ningún lugar determinado.

そして彼は椅子を特にどこかに置いていませんでした。

Así que la madre se sentó apartada de todos, en un rincón.

それで母親はみんなから離れて隅っこに座りました。

Y finalmente la hermana empezó a tocar el violín.

そしてついに妹はバイオリンを弾き始めました。

Los padres, en lados opuestos, prestaron mucha atención.

反対側にいた両親は、熱心に耳を傾けていました。

Y observaban atentamente cada movimiento de su mano.

そして彼らは彼女の手の動きを一つ一つ注意深く観察し
ました。

Gregor también se sentía atraído por la interpretación del violín.

グレゴールはバイオリンの演奏にも魅了されました。

Y se aventuró a salir de su habitación un poco más lejos.

そして彼は部屋から少し外に出て行きました。

Él ya estaba con la cabeza dentro de la sala.

彼はすでにリビングルームの中に頭を入れていました。

Solía enorgullecerse de ser muy considerado.

彼はとても思いやりがあることをとても誇りに思っていた。

Pero últimamente casi no cuestiona su falta de cuidado.

しかし、最近彼は自分の不注意をほとんど疑わなくなった。

Aunque ahora tenía más motivos para esconderse que antes.

以前よりも隠れる理由が増えたにもかかわらず。

Porque su habitación estaba cubierta de polvo y suciedad diversa.

なぜなら彼の部屋は埃やさまざまな汚れで覆われていたからです。

El más leve movimiento levantaba todo tipo de suciedad.

ほんの少しの動きでも、あらゆる種類の汚物が舞い上がりました。

Toda esa suciedad se le pegó: polvo, pelo, restos de comida.

ほこり、髪の毛、食べ物の残骸など、あらゆる汚れが彼に付着していました。

Podría haber frotado la suciedad contra la alfombra.

彼はカーペットで汚れをこすり落とすこともできたでしょう。

Esto era algo que solía hacer varias veces al día.

これは彼が毎日何度もやっていたことでした。

Pero su indiferencia hacia todo era demasiado grande.

しかし、あらゆることに対する彼の無関心はあまりにも大きすぎた。

Así que no tuvo miedo de avanzar un poco más.

だから彼はもう少し前進することを恐れなかった。

Y se trasladó al inmaculado suelo de la sala de estar.

そして彼はリビングルームの清潔な床に移動した。

Sin embargo, nadie se dio cuenta ni le prestó atención.

しかし、誰も彼に気づかず、注意も払わなかった。

La familia estaba completamente absorta en el concierto.

家族はコンサートに完全に夢中になった。

Los caballeros, por el contrario, inicialmente se retiraron.

一方、紳士たちは当初は撤退した。

Y se quedaron cerca, detrás del atril de la hermana.

そして彼らは姉の譜面台のすぐ後ろに立った。

Si hubieran mirado habrían podido ver las notas musicales.

もし彼らがよく見ていれば、音符が見えたかもしれないのに。

Esto, por supuesto, habría perturbado a la hermana.

もちろん、これは妹を不安にさせたであろう。

Luego se quedaron de pie junto a la ventana, en lugar de sentarse.

それから彼らは座るのではなく、窓のそばに立っていました。

Con las manos en los bolsillos seguían hablando.

彼らはポケットに手を入れたまま話し続けた。

Permanecieron allí mientras el padre observaba ansiosamente.

父親が心配そうに見守る中、彼らはそこに留まりました
。

Uno tenía la impresión de que tenían otras expectativas.
彼らには別の期待があるような印象を受けた。

Y realmente parecía como si se hubieran decepcionado.
そして、彼らは本当にがっかりしたようでした。

Parecía que ya estaban hartos de la actuación.
彼らはそのパフォーマンスに飽きたようだった。

Habían permitido que el violín perturbara su paz.
彼らはバイオリンが彼らの平穏を乱すのを許していた。

Y sólo toleraban la música por cortesía.
そして彼らは礼儀として音楽を許容しただけだった。

Lo que más me desconcertó fue cómo expulsaron el humo.
彼らがどうやって煙を吹き飛ばすのかは特に不安を覚え
た。

Y aún así, tocaba el violín maravillosamente.
それでも彼女はバイオリンをとても美しく弾いていまし
た。

**Su rostro estaba inclinado suavemente hacia un lado, sobre
el violín.**
彼女の顔はバイオリンの上でゆっくりと横に傾いていた
。

Sus ojos buscaban con tristeza las líneas musicales.
彼女の目は音楽のラインに沿って悲しそうに見つめてい
た。

Gregor se sintió atraído un poco más hacia la sala de estar.
グレゴールはリビングルームに少し引き込まれているよ
うに感じた。

Mantuvo la cabeza cerca del suelo, pero miró hacia arriba.

彼は頭を地面に近づけたまま、上を見上げていた。

Tal vez de esta manera la mirada de su hermana podría
encontrarse con la suya.

そうすれば妹の視線が彼と合うかもしれない。

¿Puede realmente decirse que era sólo un animal?

彼は本当にただの動物だったと言えるのでしょうか？

¿Era un animal si la música podía cautivarlo tanto?

音楽が彼をそこまで魅了できるのなら、彼は動物だった

のだろうか？

Sintió como si le mostraran un camino hacia una
alimentación desconocida.

まるで未知の栄養への道を示されたかのようでした。

Quizás éste era el sustento que le faltaba.

おそらくこれが彼が失っていた糧だったのだろう。

Estaba decidido a dirigirse hacia su hermana.

彼は妹のところへ向かう決心をした。

Quería tirar de su falda para llamar su atención.

彼は彼女の注意を引くためにスカートを引っ張ろうとし

た。

Quería darle una indicación de una invitación.

彼は彼女に招待の兆しを与えたかった。

"Ven a tocar el violín en mi habitación", quiso decir.

「僕の部屋に来てバイオリンを弾いてくれ」と彼は言い

たかった。

Él quería que ella fuera recompensada por su hermosa
música.

彼は彼女の美しい音楽に報いてほしいと思った。

"Aquí nadie te recompensa por tocar el violín".

「ここでは誰もバイオリンを弾いても報酬をくれません
。」

Él ya no quería dejarla salir de su habitación.

彼はもう彼女を部屋から出させたくなかった。

Él quería que ella permaneciera con él mientras viviera.

彼は自分が生きている限り彼女が一緒にいてくれること
を望んだ。

Por primera vez su transformación tuvo un beneficio.

彼の変身は初めて利益をもたらした。

Su deformidad finalmente iba a serle útil.

彼の障害は、最終的には彼にとって役に立つことになる
だろう。

Quería estar en las cuatro puertas simultáneamente.

彼は同時に4つのドアすべてにいたかったのです。

Quería silbarles y escupirles desde todos los ángulos.

彼はあらゆる角度から彼らに向かってシューッという音
を立てて唾を吐きかけたかった。

Su hermana no debería verse obligada a quedarse con él.

彼の妹は彼と一緒にいることを強制されるべきではない

。

Él quería que ella eligiera quedarse con él voluntariamente.

彼は彼女が自発的に彼と一緒にいることを選んでほしい
と考えていた。

Ella iba a sentarse a su lado e inclinarse hacia él.

彼女は彼の隣に座り、彼に寄りかかるつもりだった。

Y le iba a contar sobre la escuela de música.

そして彼は彼女に音楽学校のことを話そうとしていました。

Tenía la firme intención de enviarla a la academia.
彼は彼女をアカデミーに送るという固い意志を持っていた。

Se lo habría contado a todo el mundo la pasada Navidad.
彼は去年のクリスマスにこのことをみんなに話していただろう。

¿Ya había llegado y pasado realmente la Navidad?
クリスマスは本当にもう終わってしまったのだろうか？

Y no habría dejado que nadie le disuadiera de ello.
そして彼は誰にもそれを思いとどまらせようとしなかっただろう。

Pero entonces el desafortunado accidente lo detuvo todo.
しかしその後、不幸な事故が起こり、すべてが停止してしまいました。

La hermana se habría sentido abrumada por la emoción.
妹は感極まって圧倒されたことでしょう。

Y entonces Gregor se habría subido hasta su hombro.
そしてグレゴールは彼女の肩に登ったであろう。

Y la habría consolado besándole el cuello.
そして彼は彼女の首にキスをして慰めたことでしょう。

—¡Señor Samsa! —gritó el hombre del medio al padre.
「ザムザさん！」真ん中の男が父親に呼びかけました。

Señalaba con su dedo índice hacia Gregor.
彼は人差し指を下に向けてグレゴールを指差していた。

Gregor se movía lentamente por el suelo de la sala de estar.

グレゴールはリビングルームの床をゆっくりと移動して
いた。

El sonido del violín se silenció muy rápidamente.

バイオリンの演奏はすぐに静かになった。

El del medio de los tres hombres sonrió a sus amigos.

3人の男のうち真ん中の男が友人たちに微笑みかけた。

Luego meneó la cabeza y volvió a mirar a Gregor.

それから彼は首を振り、グレゴールのほうを振り返った
。

**El padre podría haber obligado a Gregor a regresar a su
habitación.**

父親はグレゴールを強制的に部屋に戻すこともできたは
ずだ。

Pero esa no fue la primera acción que decidió tomar.

しかし、それは彼が最初に決めた行動ではありませんで
した。

Pensó que era más importante calmar a los caballeros.

彼は紳士たちを落ち着かせることの方が重要だと考えた
。

**Aunque en realidad no estaban molestos en absoluto por
Gregor.**

彼らはグレゴールに対してまったく動揺していなかった
のだが。

Gregor parecía más entretenido que tocar el violín.

グレゴールはバイオリンの演奏よりも面白そうだった。

Corrió hacia ellos con los brazos extendidos.

彼は両腕を広げて彼らのところへ駆け寄った。

**Estaba intentando hacer lo mejor que podía para ocultar su
visión de Gregor.**

彼はグレゴールに対する彼らの見解を隠そうと全力を尽くしていた。

Y trató de animarlos a regresar a su habitación.

そして彼は彼らを部屋に戻るように促そうとした。

En realidad, esto los hizo enfadar un poco.

どちらかといえば、これは彼らを実際に少しイライラさせました。

Pero era difícil decir exactamente qué les molestaba.

しかし、何が彼らを苛立たせているのかを正確に言うのは困難でした。

El padre estaba arruinando la diversión de la noche.

父親は夜の楽しみを台無しにしていた。

Pero también acababan de enterarse de su nuevo compañero de piso.

しかし、彼らは新しいルームメイトの存在もちょうど知ったばかりだった。

Levantaron las manos tal como lo había hecho el padre.

彼らは父親と同じように手を挙げました。

Exigieron una explicación inmediata al padre.

彼らは父親に直ちに説明を求めた。

Se tiraron inquietos de la barba esperando una respuesta.

彼らは答えを求めて落ち着きなくひげを引っ張った。

Y retrocedieron hasta su habitación, pero muy lentamente.

そして彼らはゆっくりと自分の部屋へと後退しました。

La interrupción había dejado a la hermana en trance.

その妨害により、妹は催眠状態に陥った。

Dejó que el violín y el arco colgaran a su lado.

彼女はバイオリンと弓を脇に垂らした。

Y ella miraba la partitura como si todavía estuviera tocando.

そして彼女はまだ演奏しているかのように楽譜を見つめ
ていた。

Pero de repente ella regresó a la habitación.
しかし、彼女は突然部屋に戻ってきました。

Y ahora había superado el sentimiento de estar perdida.
そして彼女は、迷子になったという気持ちを克服した。

Ella colocó el instrumento musical en el regazo de su madre.
彼女は楽器を母親の膝の上に置いた。

La madre estaba sentada en la silla, respirando con dificultad.
母親は椅子に座り、息を荒くしていた。

Y entonces la hermana tuvo que correr a la habitación de al lado.
そして妹は隣の部屋へ走って行かなければなりませんで
した。

Tenía que dejar todo listo para los caballeros.
彼女は紳士たちのためにあらゆる準備をしなければなら
なかった。

Ella arrojó las mantas y los cojines al aire.
彼女は毛布とクッションを空中に投げ上げた。

Y con sus manos expertas dispuso toda la ropa de cama.
そして彼女は熟練した手ですべての寝具を整えました。

Terminó antes de que los caballeros llegaran a la habitación.
紳士たちが部屋に着く前に彼女は仕事を終えた。

Y ella se escabulló antes de interponerse en su camino.
そして彼女は彼らの邪魔になる前にこっそりと逃げ出し
た。

El padre parecía estar dominado por su propia terquedad.
父親は自分自身の頑固さに囚われているようだった。

Y así olvidó todo respeto que debía a sus inquilinos.

そして彼は借家人に対する敬意をすっかり忘れてしまった。

Empujó y empujó hasta que su portavoz se opuso.

彼は、広報担当者が反対するまで押し続けました。

Al llegar a la puerta, dio una patada furiosa.

彼はドアに着くと怒って足を踏み鳴らした。

Y con esto logró detener al padre.

そして彼は父親を立ち止まらせた。

"Por la presente declaro", comenzó dirigiéndose a su propietario.

「私はここに宣言します」と彼は家主に話しかけ始めた。

Y levantó la mano, mirando a toda la familia.

そして彼は家族全員を見ながら手を挙げました。

"En cuanto a las repugnantes condiciones de la habitación;"

「部屋の不快な状態に関して」

Y se aseguró de que todos escucharan sus palabras.

そして彼は、皆が自分の言葉に耳を傾けていることを確認しました。

"Por la presente, le comunico que desocuparé mi habitación".

「私はここに部屋を明け渡すことを通知します。」

Y reiteró su punto escupiendo en el suelo.

そして彼は地面に唾を吐いてさらに自分の主張を主張した。

"Tampoco pagaré por los días que he vivido aquí."

「また、私がここで暮らした日々に対しても支払うつもりはありません。」

Sin embargo, no estaba completamente satisfecho con este reembolso.

しかし、彼はこの払い戻しに完全に満足していなかった。

"Y consideraré hacer otras demandas contra usted."

「そして私はあなたに対して他の要求をすることを検討します。」

Créeme, tales exigencias serán muy fáciles de justificar.

「信じてください、そのような要求を正当化するのは非常に簡単です。」

Él permaneció en silencio y miró directamente al padre.

彼は黙って、まっすぐ父親を見つめていた。

Parecía estar esperando que sucediera algo más.

彼はさらに何かが起こることを期待しているようだった。

De hecho, sus dos amigos inmediatamente tuvieron la misma idea.

実際、彼の2人の友人もすぐに同じ考えを思いつきました。

"También estamos cancelando nuestras habitaciones", dijeron al unísono.

「私たちも部屋をキャンセルします」と彼らは声を揃えて言った。

Luego agarró la manija de la puerta y cerró la puerta.

それから彼はドアハンドルを掴んでドアを閉めた。

Y con un fuerte estruendo se encerraron en su habitación.

そして大きな音を立てて彼らは部屋に閉じこもりました。

El padre se tambaleó hasta su silla con manos torpes.

父親は手探りで椅子までよろめきながら歩いた。

Y se dejó caer en la silla, derrotado.

そして彼は敗北感に襲われ、椅子に倒れ込んだ。

Parecía como si fuera a echar su siesta vespertina habitual.

いつものように夕方のお昼寝をしているようでした。

Pero su cabeza asintió casi como si no tuviera apoyo.

しかし、彼の頭はまるで支えられていないかのようにう
なずいていた。

Y se podía ver que no estaba durmiendo en absoluto.

そして、彼が全く眠っていないことが分かりました。

**Durante todo este tiempo Gregor no se había movido de su
sitio.**

その間ずっと、グレゴールはその場から動かなかった。

**Todavía estaba donde los caballeros lo habían visto por
primera vez.**

彼は紳士たちが最初に彼を見た場所にまだいた。

Incluso si hubiera querido moverse, le resultó imposible.

たとえ引っ越したいと思っても、それは不可能だと分か
った。

Por su decepción, o por su hambre.

失望のせいか、空腹のせいか。

Estaba decepcionado por el fracaso de su plan.

彼は計画が失敗してがっかりした。

Y estaba débil por el hambre prolongada que sentía.

そして彼は、長引く空腹感のせいで衰弱していた。

**Estaba seguro de que en cualquier momento todos se
volverían contra él.**

彼は誰もが今にも自分に背を向けるだろうと確信してい
た。

Con esta expectativa de colapso inminente, esperó.

彼は、このような崩壊が差し迫っていることを予期しな

がら待った。

El violín empezó a deslizarse del regazo de la madre.

バイオリンが母親の膝の上から滑り落ち始めました。

Con un sonido resonante el violín cayó al suelo.

大きな音とともにバイオリンは地面に落ちた。

Pero ni siquiera ese repentino ruido estrepitoso lo sobresaltó.

しかし、この突然の衝突音さえも彼を驚かせなかった。

«Queridos padres», dijo la hermana, «esto no puede continuar».

「親愛なる両親」と妹は言った。「こんなことは続けら

れません。」

Y golpeó la mesa con la mano para dejar claro su punto.

そして彼女は自分の意見を主張するためにテーブルに手

を叩きつけた。

"No diré el nombre de mi hermano delante de este monstruo".

「この怪物の前では兄の名前を口にしない。」

"Por eso lo digo lo más claramente posible:"

「だからこそ、私はできる限り率直にこう言っているの

です。」

"No tenemos otra opción que deshacernos de este animal".

「この動物を駆除する以外に選択肢はない。」

"Hicimos lo mejor que pudimos para tolerar y cuidar a este animal".

「私たちはこの動物を許容し、世話するために最善を尽

くしました。」

"No creo que nadie pueda culparnos en lo más mínimo".

「誰も私たちを少しも責めることはできないと思います
。」

"Tiene mil veces razón", asintió el padre.

「彼女は1000倍正しい」と父親は同意した。

La madre aún no había recuperado del todo el aliento.

母親はまだ完全に息が回復していなかった。

Ella empezó a toser sordamente en su mano, respirando con dificultad.

彼女は息を荒くしながら、手に鈍く咳き込み始めた。

Y una expresión de locura comenzó a surgir en sus ojos.

そして彼女の目に狂気の表情が現れ始めました。

La hermana corrió hacia su madre y le sujetó la frente.

妹は母親のもとに駆け寄り、母親の額を押さえた。

El padre pareció inspirarse en las palabras de la hermana.

父親は妹の言葉に感銘を受けたようだった。

Y sus pensamientos parecían ser más claros que antes.

そして彼の考えは以前よりも明確になっているようでし
た。

Dejó de asentir con la cabeza y volvió a sentarse derecho.

彼はうなずくのをやめて、再びまっすぐに座った。

Y jugaba con la gorra de sirviente, sumido en sus pensamientos.

そして彼は、考えにふけりながら、召使いの帽子をいじ
っていた。

Los platos de los inquilinos todavía estaban sobre la mesa.

入居者からもらった皿がまだテーブルの上にありました
。

Y a veces miraba hacia el silencioso Gregor.

そして彼は時々、沈黙しているグレゴールの方を見た。

"Tenemos que intentar deshacernos de él", le dijo la hermana.

「私たちはそれを取り除くよう努力しなければなりません」と妹は彼に言いました。

La madre estaba demasiado ocupada tosiendo como para escuchar.

母親は咳に気を取られて、聞く気がしなかった。

"Los matará a ambos, ya lo veo venir."

「君たち二人とも死ぬだろう、もうそれが見えているよ。」

"No podemos seguir trabajando tan duro como lo hacemos todos."

「私たち全員が今と同じように懸命に働き続けることはできない。」

"Y cada día tenemos que volver a casa y encontrarnos con esta tortura."

「そして私たちは毎日この拷問を受けて家に帰らなければならないのです。」

"No podemos soportarlo más. No puedo soportarlo."

「もう耐えられない。私も耐えられない。」

Ella cayó ante su madre en un último estallido de lágrimas.

彼女は最後に涙を流しながら母親に倒れ込んだ。

Las lágrimas cayeron por su rostro y sobre el de su madre.

涙が彼女の顔を伝って母親の顔に落ちた。

Y se secó las lágrimas con un movimiento mecánico.

そして彼女は機械的な動きで涙を拭った。

"Hijo mío", dijo el padre con voz compasiva.

「私の子よ」父親は慈悲深い声で言った。

Había profunda simpatía y comprensión en su voz.

彼の声には深い同情と理解が込められていた。

«Pero ¿qué debemos hacer?», confesó no saberlo.

「でも、どうすればいいんですか？」彼は分からないと告白した。

La hermana simplemente se encogió de hombros con impotencia.

妹はただ無力感に肩をすくめるだけだった。

Y su confianza anterior fue reemplazada nuevamente por lágrimas.

そして、彼女の以前の自信は再び涙に取って代わられました。

«Si nos entendiera», dijo el padre en voz alta.

「彼が私たちのことを理解してくれればよかったのに」と父親は大声で言った。

Y se preguntó si tal vez Gregor entendía.

そして彼は、もしかしたらグレゴールが理解しているのかどうか半ば疑っていた。

La hermana simplemente sacudió su mano violentamente mientras lloraba.

妹は泣きながらただ激しく手を振った。

Y entonces ella señaló que no se debía pensar en esa idea.

そして彼女は、その考えは考えるべきではないと合図した。

«¡Si nos comprendiera!», repitió el padre.

「しかし、彼が私たちのことを理解してくれればよかったのに」と父親は繰り返した。

Cerrando los ojos consideró la respuesta de la hermana.

彼は目を閉じて妹の答えを考えた。

"Si lo entendiera se podría llegar a un acuerdo con él."

「彼が理解すれば、彼との合意は成立する可能性がある。」

"Pero estando las cosas como están..."

「でも、現状はこうなっているので…」

"Tiene que irse", gritó la hermana, "es la única manera".

「それは消え去らなければなりません」と妹は叫んだ。

「それが唯一の方法なのです。」

"Tienes que deshacerte de la idea de que es Gregor".

「グレゴールだという考えを捨てなければなりません。」

"Que lo hayamos creído durante tanto tiempo es nuestra verdadera desgracia."

「私たちがそれを長い間信じていたことが、私たちの本当の不幸なのです。」

«¿Pero cómo puede ser Gregor?», le preguntó a su padre.

「でもどうしてグレゴールなの？」と彼女は父親に尋ねた。

"Sabía que un animal así no podía coexistir con los humanos".

「彼はそのような動物が人間と共存できないことを知っていた。」

Gregor nos habría abandonado hace mucho tiempo, voluntariamente.

「グレゴールはとっくの昔に、自らの意思で私たちのもとを去っていたはずだ。」

"Es cierto, entonces no tendríamos ningún hermano."

「確かに、そうなると私たちには兄弟がいなくなってし
まうわね。」

"Pero podríamos seguir viviendo y honrar su memoria".

「しかし、私たちは生き続け、彼の記憶を称え続けるこ
とができる。」

"Pero esta bestia nos persigue y ahuyenta a nuestros
labradores."

「しかし、この獣は私たちを追いかけ、農民を追い払う
のです。」

"Es evidente que quiere apoderarse de todo el apartamento".

「明らかにアパート全体を占領しようとしている」

"Esta bestia quiere hacernos dormir en la calle."

「この獣は私たちを路上で眠らせようとしている。」

«Mira, padre», gritó de repente, «¡se mueve otra vez!»

「見て、お父さん」と彼女は突然叫びました。「また動
いているわよ！」

E hizo algo que ni siquiera Gregor pudo entender.

そして彼女はグレゴールにさえ理解できないことをした
。

Ella se apartó, como sacrificando a la madre.

彼女はまるで母親を犠牲にするかのように、自分を押し
のけた。

Y ella corrió detrás de su padre buscando algún tipo de
seguridad.

そして彼女は何らかの安全を求めて父親の後ろを走りま
した。

El padre estaba agitado únicamente porque su hija lo estaba.

父親が動揺したのは、娘が動揺していたからに過ぎなかった。

Pero entonces él también se levantó y levantó los brazos sobre ella.

しかし、彼もまた立ち上がり、彼女の上に腕を上げました。

Pero Gregor no tenía intención de asustar a nadie.

しかしグレゴールは誰かを怖がらせるつもりはなかった。

Sobre todo no pensó en asustar a su hermana.

彼は特に妹を怖がらせようなどとは思っていなかった。

Él sólo estaba intentando regresar a su habitación.

彼はただ自分の部屋に戻ろうとしていただけだった。

Pero dado que su estado estaba empeorando, incluso esto era difícil.

しかし、彼の容態は悪化しており、これも困難でした。

Y ya no tenía pleno uso de todas sus piernas.

そして彼はもう両足を完全に動かすことができませんでした。

Entonces usó su cabeza para levantar su cuerpo y girar.

そこで彼は頭を使って体を持ち上げ、向きを変えました。

Hizo una pausa y miró a su alrededor esperando la aprobación de la familia.

彼は立ち止まり、家族の承認を得るために周囲を見回した。

Su buena intención parecía haber sido reconocida.

彼の善意は認められたようだ。

Su movimiento sólo había sido un shock momentáneo para ellos.

彼の行動は彼らにとってほんの一瞬の衝撃だった。

Ahora todos lo miraban en un silencio infeliz.

今、彼らは皆、不満げな沈黙の中で彼を見つめていた。

La madre seguía tumbada en el sillón, exhausta.

母親は疲れ果ててまだ肘掛け椅子に横たわっていた。

El padre y la hermana estaban sentados uno al lado del otro.

父親と妹は隣同士に座っていました。

«Quizás ahora me dejen dar la vuelta», pensó Gregor.

「今度こそ彼らは僕に方向転換を許してくれるかもしれない」とグレゴールは思った。

Y continuó haciendo su torpe movimiento de giro.

そして彼はぎこちない回転動作を続けた。

No podía reprimir los jadeos ocasionales de esfuerzo.

彼は時折、疲労感で息切れするのを抑えることができなかった。

Y se vio obligado a descansar un par de veces entre uno y otro.

そして、彼はその間に何度か休憩を取らざるを得ませんでした。

Ya nadie le obligaba a apresurarse; la decisión estaba en sus manos.

今は誰も彼を急がせていなかった。すべては彼次第だった。

Al final completó el giro lento y doloroso.

ついに彼はゆっくりと苦痛に満ちたターンを終えた。

Inmediatamente comenzó a caminar directamente de regreso a su habitación.

彼はすぐに自分の部屋へまっすぐ戻り始めました。

Se sorprendió de lo lejos que estaba de su habitación.

彼は自分の部屋からどれだけ離れているかに驚いた。

¿Cómo, a pesar de su debilidad, había llegado allí antes?

彼は、その弱さにもかかわらず、どうやって以前そこに辿り着いたのだろうか？

Había recorrido casi el mismo camino sin darse cuenta.

彼は気づかずにほとんど同じ道を通ってきた。

Ahora él sólo se concentró en gatear tan rápido como podía.

彼はただ、できるだけ早く這うことに集中した。

La falta de comentarios por parte de alguien no le inquietó.

誰からもコメントがなかったことは彼を悩ませなかった。

Sólo cuando ya estaba en la puerta giró la cabeza.

ドアの中に入ったときだけ、彼は頭を振り返った。

Pero no pudo darse la vuelta para mirar hacia atrás por completo.

しかし、完全に振り返って見ることはできなかった。

Porque sintió que su cuello se ponía aún más rígido al girarse.

なぜなら、振り向くと首がさらに硬くなるのを感じたからだ。

Pero vio que de todas formas nada había cambiado detrás de él.

しかし、彼は自分の後ろでは何も変わっていないことに気づいた。

La única diferencia fue que su hermana se puso de pie.

唯一の違いは、妹が立ち上がったことだった。

Su última mirada mostró que su madre se había quedado dormida.

彼の最後の視線は、母親が眠りに落ちたことを示していた。

Tan pronto como estuvo dentro de su habitación la puerta se cerró.

彼が部屋に入るとすぐにドアが閉まった。

Y tan pronto como la puerta se cerró, el cerrojo quedó bloqueado.

そしてドアが閉まるとすぐにボルトがロックされました。

Gregor se asustó por el ruido inesperado que se oía detrás.

グレゴールは後ろから聞こえた予期せぬ物音に驚いた。

Y sus piernas se doblaron bajo él por la repentina sorpresa.

そして突然の驚きで彼の足は震え上がった。

Fue la hermana quien corrió hacia la puerta detrás de él.

彼の後ろのドアに駆け寄ったのは妹だった。

Ella ya se encontraba allí de pie, esperándolo.

彼女はすでにそこに直立し、彼を待っていました。

Luego saltó hacia delante ligeramente sin que Gregor la oyera.

それから彼女はグレゴールに聞こえないように軽く前に飛び出した。

"¡Por fin!" gritó en voz alta mientras giraba la llave.

「やっと！」彼女はキーを回しながら大声で叫んだ。

"¿Y ahora qué?", se preguntó Gregor, solo en la oscuridad.

「さて、どうしよう」とグレゴールは暗闇の中で一人、自分自身に問いかけた。

Pronto descubrió que ya no podía moverse en absoluto.

彼はすぐに、もうまったく動けないことに気づいた。

Pero no le sorprendió realmente su inmovilidad.

しかし、彼は自分が動けないことにそれほど驚いてはいなかった。

Poder moverse con piernas tan delgadas parecía ridículo.

あんなに細い足で動けるなんて、馬鹿げているように思えた。

No sabía cómo había sido capaz de hacerlo.

彼は自分がどうやってそれを成し遂げたのか分からなかった。

Pero aparte de eso se sentía relativamente cómodo.

しかし、それ以外は、彼は比較的快適に感じていました。

Es cierto que sentía un dolor profundo en todo el cuerpo.

確かに彼は体中に深い痛みを感じていた。

Pero el dolor parecía hacerse cada vez más débil.

しかし、痛みはだんだん弱まってきたようでした。

Y sintió que el dolor eventualmente desaparecería.

そして、痛みはやがて消えていくような気がした。

Ya casi no sentía la manzana podrida en su espalda.

彼は背中の腐ったリンゴの感覚をほとんど感じなくなっていた。

Pensó en su familia con emoción y amor.

彼は感動と愛情をもって家族のことを思い出した。

Sintió las emociones de su hermana incluso más que ella misma.

彼は妹の感情を彼女自身以上に感じ取った。

Ella tenía razón en lo que había dicho: él tenía que irse.

彼女の言ったことは正しかった。彼は去らなければならなかったのだ。

Pasó algún tiempo en ese estado vacío y pacífico.
彼はこの空虚で平和な状態でしばらく過ごした。
El reloj dio tres veces, silenciosamente, pero con firmeza.
時計は静かに、しかし確実に三度鳴った。
Gregor fue sacado suavemente de sus meditaciones.
グレゴールは静かに考えから引き戻された。
Observó cómo la luz de la mañana entraba lentamente en su habitación.
彼は朝の光がゆっくりと部屋に入ってくるのを眺めた。
Entonces su cabeza se hundió por completo, sin su voluntad.
すると、彼の頭は、自分の意志とは関係なく、完全に下がってしまった。
Y su último aliento fluyó débilmente de su nariz.
そして彼の最後の息が鼻孔から弱々しく流れ出た。

La criada entró en su habitación temprano en la mañana.
メイドさんは朝早く彼の部屋に入ってきた。
No encontró nada inusual durante su corta visita habitual.
彼女はいつもの短い訪問中に何も異常なことは発見しなかった。
Con fuerza y prisa cerró de golpe todas las puertas.
彼女は力と速さのあまり、すべてのドアをバタンと閉めた。
No fue posible dormir tranquilo en todo el apartamento.
アパート全体で安らかな睡眠をとることは不可能でした。

Le habían pedido que evitara hacer esto por la mañana.

彼女は朝にこれを避けるように言われていた。

Ella pensó que él yacía allí inmóvil a propósito.

彼女は彼がわざと動かずにそこに横たわっているのだと
思った。

Quizás quería demostrarle que estaba ofendido.

おそらく彼は彼女に自分が怒っていることを示したかっ
たのでしょう。

Ella confiaba en que él tenía todo tipo de inteligencia.

彼女は彼があらゆる種類の知性を持っていると信じてい
た。

Ella sostenía por casualidad la escoba larga en su mano.

彼女はたまたま長いほうきを手に持っていました。

Entonces, desde la puerta, intentó hacerle un poco de
cosquillas a Gregor.

そこで、彼女はドアのところから、グレゴールを少しく
すぐろうとしました。

Ella estaba un poco molesta porque él no respondió en
absoluto.

彼がまったく反応しなかったため、彼女は少しイライラ
した。

Así que esta vez lo empujó un poco más firmemente.

そこで彼女は今度はもう少し強く彼を押した。

Cuando él no ofreció resistencia, ella lo miró más de cerca.

彼が抵抗を示さなかったので、彼女はさらによく見てみ
ました。

Pronto se dio cuenta de lo que realmente le había sucedido a
Gregor.

彼女はすぐにグレゴールに一体何が起こったのか理解した。

Abrió más los ojos y silbó para sí misma.

彼女は目を大きく見開いて、独り言で口笛を吹いた。

Pero no perdió mucho tiempo antes de abrir la puerta.

しかし彼女はドアを開ける前にあまり時間を無駄にしませんでした。

Y clamó a gran voz en la oscuridad:

そして彼女は暗闇に向かって大声で叫びました。

"Ven a echarle un vistazo, ahí está, completamente muerto."

「来て見てください。完全に死んでいますよ。」

Los dos padres estaban sentados erguidos en el lecho conyugal.

両親は夫婦のベッドでまっすぐ座っていました。

Primero tuvieron que superar el impacto del ruido.

まず彼らは騒音のショックを克服しなければなりませんでした。

Pero poco a poco empezaron a comprender su mensaje.

しかし、彼らはゆっくりと彼女のメッセージを理解し始めました。

El señor y la señora Samsa saltaron cada uno de su lado de la cama.

サムサ夫妻はそれぞれ自分の側のベッドから飛び降りた。

El señor Samsa se echó la gruesa manta sobre los hombros.

サムサ氏は厚い毛布を肩にかけました。

Y la señora Samsa salió sin nada más que su camisón.

そしてサムサ夫人はナイトガウンだけを身につけて出て
きました。

Y así entraron en la habitación de Gregor.

こうして彼らはグレゴールの部屋に入った。

Mientras tanto, la puerta de la sala de estar también se había abierto.

その間に、リビングルームのドアも開きました。

Grete había dormido allí desde que los inquilinos se mudaron.

グレーテは入居者が引っ越してきてからずっとそこで寝
ていた。

Estaba completamente vestida como si no hubiera dormido en absoluto.

彼女はまるで眠っていなかったかのように服を着たまま
だった。

Su rostro pálido también parecía demostrar su falta de sueño.

彼女の青白い顔も睡眠不足を証明しているようだった。

"¿Está muerto?" preguntó la señora Samsa, mirando a la criada.

「彼は死んだの？」サムサ夫人はメイドを見ながら尋ね
た。

Ella podría haberlo confirmado mirándolo ella misma.

彼女は彼自身を見てそれを確認できたはずだ。

"Creo que sí", dijo la criada cogiendo la escoba.

「そうだと思います」とメイドはほうきを手に取りなが
ら言いました。

Y ella empujó su cuerpo muy lejos por el suelo.

そして彼女は彼の体を床の向こう側まで押しやった。

La señora Samsa hizo un movimiento como si quisiera detenerla.

サムサ夫人はまるで彼女を止めようとするような動きをした。

Pero al final dejó que la criada llevara a Gregor de un lado a otro.

しかし結局、彼女はメイドにグレゴールをだまさせてしまった。

—Bueno —dijo el señor Samsa—, por fin podemos dar gracias a Dios.

「そうだな」とザムサ氏は言った。「やっと神に感謝できるな。」

Hizo la señal de la cruz; cabeza, pecho, hombros.

彼は頭、胸、肩に十字を切った。

Y las tres mujeres siguieron su ejemplo religioso.

そして三人の女性は彼の宗教的な模範に従いました。

Grete, que no apartaba la vista del cadáver, dijo:

グレーテは死体から目を離さずに言った。

"Mira qué delgado estaba, hacía tanto tiempo que no comía."

「彼がどれだけ痩せていたか見てください。長い間何も食べていなかったのです。」

"La comida que le dejaba cada mañana siempre estaba intacta."

「私が毎朝彼に残した食事はいつも手つかずのままでした。」

De hecho, el cuerpo de Gregor estaba completamente plano y seco.

実際、グレゴールの体は完全に平らで乾いていました。

Esto era más visible ahora que estaba en el suelo.

彼が地上にいた今、それはさらに明らかになった。

Porque su cuerpo ya no era levantado por sus piernas.

なぜなら、彼の体はもはや足で持ち上げられなくなっていたからだ。

Y porque no había nada más que distrajera la vista.

そして、視界を邪魔するものが他に何もなかったからです。

—Ven un rato con nosotros, Grete —dijo la señora Samsa.

「しばらく私たちと一緒に来なさい、グレーテ」とザムザ夫人は言った。

Había una sonrisa dolorosa en sus labios mientras hablaba.

彼女がそう言うと、彼女の唇には苦々しい笑みが浮かんでいた。

Grete los siguió, pero también miró hacia el cadáver.

グレーテは彼らの後を追ったが、死体にも振り返った。

La criada cerró la puerta y abrió completamente la ventana.

メイドさんはドアを閉めて窓を全開にした。

Todavía era temprano, por lo que normalmente el aire estaría frío.

まだ早かったので、空気は通常冷たいはずです。

Pero también había una mezcla de calidez en el aire frío.

しかし、冷たい空気の中には暖かさも混じっていました。

Como un suave recordatorio de que ya era finales de marzo.

まるで3月も終わりだということを静かに思い出させてくれるようでした。

Los tres inquilinos ahora también salieron de su habitación.

3人の入居者も部屋から出て行った。

Miraron a su alrededor con asombro en busca de su desayuno.

彼らは朝食を求めて驚いて辺りを見回した。

El desayuno fue olvidado por lo que encontró la criada.

メイドが見つけたもののせいで朝食は忘れられてしまった。

"¿Dónde está el desayuno?" se quejó el caballero del medio.

「朝食はどこだ？」真ん中の紳士がぶつぶつ言った。

La criada se llevó el dedo a la boca para ordenar silencio.

メイドは静かにするように命じるために指を口に当てた。

Y ella rápidamente y en silencio saludó a los caballeros.

そして彼女は急いで、そして静かに紳士たちに手を振った。

La criada acompañó a los tres caballeros a la habitación.

メイドは3人の紳士を部屋に案内した。

Y continuó explicándoles lo que había sucedido.

そして彼女は彼らに何が起こったのかを説明し続けました。

Y los tres caballeros estaban alrededor del cadáver de Gregor.

そして三人の紳士はグレゴールの死体の周りに立っていました。

Con las manos en los bolsillos miraron hacia abajo.

彼らはポケットに手を入れて下を向いていた。

La luz de la mañana ahora había inundado completamente la habitación.

朝の光が部屋にたっぷりと差し込んでいた。

Entonces se abrió la puerta del dormitorio y apareció el señor Samsa.

すると寝室のドアが開き、サムサ氏が現れた。

A un lado estaba su esposa y al otro su hija.

一方には妻が、もう一方には娘がいました。

Para entonces el señor Samsa ya llevaba puesto su uniforme.

サムサ氏はこの時すでに制服を着ていました。

Se podía ver que todos habían estado llorando un poco.

彼ら全員が少し泣いていたのが分かりました。

Grete presionó su cara contra el brazo de su padre.

グレーテは父親の腕に顔を押し付けた。

"¡Sal de mi apartamento inmediatamente!" ordenó el señor Samsa.

「すぐに私のアパートから出て行け！」とザムザ氏は命じた。

Y señaló la puerta sin dejar salir a las mujeres.

そして彼は女性たちを行かせずにドアを指さした。

"¿Qué quieres decir?" preguntó el intermediario desconcertado.

「どういう意味ですか？」仲買人は当惑しながら尋ねた。

Y él hizo lo mejor que pudo para sonreír dulcemente al señor Samsa.

そして彼はサムサ氏に優しく微笑むよう最善を尽くしました。

Los otros dos llevaban las manos tras la espalda.

他の二人は背中の後ろに手を組んでいた。

Y se frotaron las manos con anticipación.

そして彼らは期待しながら手をこすり合わせました。

Parecía que esperaban que se produjera una fuerte pelea.

彼らは大きな口論が起こることを予想していたようだった。

Pero ellos parecían estar contentos con la discusión que se avecinaba.

しかし、彼らはこれから起こる議論に満足しているようだった。

Creían que la disputa sería a su favor.

彼らはその争いが自分たちに有利になるだろうと考えた。

"Quiero decir exactamente lo que acabo de decir", respondió el señor Samsa.

「まさに今言った通りのことを言っているんです」とザムサ氏は答えた。

Caminó en línea recta con sus dos compañeros.

彼は二人の仲間とともに一直線に歩いた。

Y el señor Samsa se dirigió directamente a su caballero principal.

そしてサムサ氏は彼らのリーダーである紳士に直接近づきました。

El caballero primero se quedó quieto, mirando al suelo.

紳士は最初、地面を見つめたままじっと立っていた。

El contenido de su cabeza todavía estaba ordenándose.

彼の頭の中はまだ整理されていなかった。

—Está bien, nos vamos —dijo y miró al señor Samsa.

「わかった、行くよ」と彼は言い、サムサ氏を見上げた。

Una nueva humildad pareció apoderarse de él de repente.

新たな謙虚さが突然彼を襲ったようだった。

Y parecía estar pidiendo permiso para esta decisión.

そして彼はこの決断の許可を求めているようでした。

El señor Samsa abrió mucho los ojos y asintió un poco.

サムサ氏は目を大きく見開いて小さくうなずいた。

Los caballeros obedecieron inmediatamente su orden.

紳士たちはすぐに彼の命令に従った。

Y efectivamente dieron largos pasos por el pasillo.

そして彼らは実際に廊下に大股で歩いてきました。

Sus amigos ya habían dejado de frotarse las manos.

友人たちはすでに手をこするのをやめていた。

Habían estado escuchando cómo iba la conversación.

彼らは会話がどのように進むか聞いていた。

Y ahora corrían tras él, como si tuvieran miedo.

そして彼らは、まるで恐怖に駆られたかのように、彼を
追いかけていた。

El señor Samsa aún podría aislarlos de su líder.

サムサ氏は依然として彼らをリーダーから孤立させるか
もしれない。

Sacaron sus palos del contenedor.

彼らは棒を棒入れから引き出しました。

Y se inclinaron en silencio antes de salir del apartamento.

そして彼らはアパートを出る前に静かに頭を下げた。

**El señor Samsa y las dos mujeres salieron del patio
delantero.**

サムサ氏と二人の女性は前庭から出てきた。

**Pero en realidad no tenían motivos para desconfiar de los
hombres.**

しかし、実際には彼らには男性たちを信用しない理由は
なかった。

Se apoyaron en la barandilla para comprobar si se habían
ido.

彼らは、彼らが去ったかどうかを確認するために手すり
に寄りかかった。

Los tres caballeros efectivamente estaban bajando las
escaleras.

確かに三人の紳士は階段を降りていました。

En un determinado recodo de la escalera desaparecieron.

階段のある曲がり角で彼らは姿を消した。

Y entonces la escalera los trajo de nuevo a la vista.

そして階段を上ると、彼らは再び視界に入った。

Esta aparición y desaparición se repite en cada piso.

この出現と消失は各階ごとに繰り返されます。

Pero al final casi habían llegado al fondo.

しかし、結局彼らはほとんど底に到達した。

Cuanto más avanzaban, más aburridos parecían.

進んでいくにつれて、ますます面白くなくなっていった
。

Todos regresaron a casa, como si se sintieran aliviados.

皆はほっとしたように家に戻っていった。

Decidieron aprovechar el día para descansar y salir a pasear.

彼らはその日を休息と散歩に使うことにした。

Sentían que merecían este descanso de su trabajo.

彼らは仕事から離れて休むのは当然だと感じていた。

No sólo merecían este descanso, sino que lo necesitaban.

彼らはこの休暇に値するだけでなく、それを必要として
いたのです。

Se sentaron a la mesa para escribir cartas de disculpas.

彼らはテーブルに座り、謝罪の手紙を書いた。

El señor Samsa escribió una carta de disculpas a su dirección.

サムサ氏は経営陣に謝罪の手紙を書いた。

La señora Samsa escribió su carta de disculpas a sus clientes.

サムサ夫人は顧客に謝罪の手紙を書いた。

Y Grete escribió su carta de disculpa a su director.

そしてグレーテは校長に謝罪の手紙を書きました。

Mientras todos escribían, la criada llegó a la habitación.

皆が書いている間に、メイドさんが部屋に来ました。

Su trabajo de la mañana había terminado, por lo que se dirigía a casa.

彼女は午前中の仕事が終わったので家に帰るところだった。

Los tres escritores asintieron al principio, sin levantar la vista.

3人の作家は、最初は顔を上げずにうなずいていた。

Pero la criada no parecía querer irse todavía.

しかしメイドはまだ帰りたくないようでした。

Esperó un poco, hasta que los tres escritores levantaron la vista.

彼女は3人の作家が顔を上げるまで少し待った。

"¿Y bien?" preguntó el señor Samsa, enojado como los demás.

「それで？」ザムサ氏は他の人たちと同じように怒って尋ねた。

La criada estaba parada en la puerta con una sonrisa en su rostro.

メイドさんは笑顔で戸口に立っていた。

Dio la impresión de tener buenas noticias que informar.

彼女は良い知らせを伝えているような印象を与えた。

Pero ella no iba a compartir la noticia a menos que se lo pidieran.

しかし、彼女は頼まれない限りそのニュースを話すつもりはなかった。

La pluma de avestruz erguida sobre su sombrero se balanceaba ligeramente.

彼女の帽子に立てられたダチョウの羽根がわずかに揺れた。

Aquella pluma de avestruz siempre había molestado al señor Samsa.

そのダチョウの羽はサムサ氏をいつも悩ませていた。

—Entonces, ¿qué quieres? —preguntó la señora Samsa con firmeza.

「それで、あなたは何が欲しいのですか？」とザムザ夫人はきっぱりと尋ねた。

La criada todavía tenía mucho respeto por la señora Samsa.

メイドはサムサ夫人に対して依然として深い尊敬の念を抱いていた。

"Sí", respondió ella y soltó una carcajada amistosa.

「はい」と彼女は答え、親しみを込めた笑いを浮かべた。

Por un momento su risa le impidió hablar.

一瞬、彼女は笑いすぎて話せなくなった。

"No tienes que preocuparte por esa cosa de al lado".

「隣のことは心配しなくていいよ。」

"Ya he decidido cómo nos desharemos de él".

「どうやって処分するかはもう決めてあります」

La señora Samsa y Grete continuaron escribiendo sus cartas.

ザムザ夫人とグレーテは手紙を書き続けました。

Pero el señor Samsa se dio cuenta de que la criada aún no había terminado.

しかし、サムサ氏はメイドの仕事がまだ終わっていないことに気づいた。

Ahora quería describir todo con más detalle.

今、彼女はすべてをもっと詳しく説明したいと考えていました。

Pero él extendió su mano para rechazar sus esfuerzos.

しかし彼は彼女の努力を拒否するために手を差し伸べた。

Se dio cuenta de que no estaban interesados en sus planes.

彼女は彼らが自分の計画に興味を持っていないことに気づいた。

Y entonces recordó la gran prisa en la que había estado.

そして彼女は自分がとても急いでいたことを思い出した。

"Ciao entonces", dijo ella, insultada por la falta de interés.

「じゃあ、チャオ」と彼女は無関心に腹を立てて言った。

Pero antes de irse cerró la puerta de un golpe terriblemente fuerte.

しかし彼女は出て行く前に、ドアをものすごく強く閉めました。

"La despedirán esta noche", dijo el señor Samsa.

「彼女は夕方には解雇されるだろう」とサムサ氏は言った。

Pero su esposa y su hija estaban demasiado ocupadas para responderle.

しかし、彼の妻と娘は忙しすぎて返事をすることができませんでした。

Porque la criada había perturbado la paz recién adquirida.

メイドが、彼らが新たに得た平和を乱したからだ。

La madre y la hija se levantaron para ir a la ventana.

母親と娘は立ち上がって窓のところへ行きました。

Y abrazados se quedaron allí.

そして、二人は腕を組んでそこに留まりました。

El señor Samsa se giró en su silla para mirarlos.

サムサ氏は椅子の上で体をひねって彼らを見た。

Y por un rato los observó en silencio mientras estaban allí de pie.

そしてしばらくの間、彼は彼らがそこに立っているのを静かに見守っていました。

Finalmente les gritó: "¿Queréis venir a mí?"

ついに彼は彼らに呼びかけました。「私のところに来ませんか？」

"Olvidémonos de todas esas cosas viejas, ¿de acuerdo?"

「古いものはすべて忘れましょう。」

"Ven a mí y dame un poco de tu atención."

「私のところに来て、少し注意を払ってください。」

Las dos mujeres hicieron lo que él les dijo y corrieron hacia él.

二人の女性は彼の言う通りにして、彼のところへ駆け寄った。

Le dieron un abrazo cariñoso y le besaron.

彼らは彼を愛情たっぷりに抱きしめ、キスをした。

Regresaron rápidamente para terminar de escribir sus cartas.

彼らはすぐに戻って手紙を書き終えました。

Luego los tres abandonaron el apartamento juntos.

それから三人は一緒にアパートを出て行きました。

No habían salido juntos de casa desde hacía meses.

彼らは何ヶ月も一緒に家から出かけていなかった。

Y tomaron el tranvía hasta las afueras de la ciudad.

そして彼らは路面電車に乗って街の郊外へ向かいました
。

Tenían todo el vagón del tranvía para ellos solos.

彼らは路面電車の車両を全部独り占めしていた。

La luz del sol entraba a raudales por la ventana desde el exterior.

外から窓を通して太陽の光が差し込んできた。

La familia se reclinó cómodamente en sus asientos.

家族は座席に心地よく寄りかかっていた。

Y discutieron las perspectivas para su futuro.

そして彼らは将来の見通しについて話し合いました。

Al examinarlos más de cerca, sus perspectivas no eran malas.

詳しく調べてみると、彼らの見通しは悪くなかった。

Los tres tenían trabajos con potencial para ganar más.

3人とも、もっと稼げる可能性のある仕事に就いていま
した。

Nunca se habían preguntado sobre su trabajo.

彼らはお互いの仕事について尋ねたことは一度もなかっ
た。

Pero ahora finalmente tenían tiempo para discutir esas cosas.

しかし今、ようやく彼らにはそういったことを話し合う
時間ができた。

También tenían la opción de mudarse a un apartamento más pequeño.

もっと小さなアパートに引っ越すという選択肢もありました。

Esto tendría el mayor impacto en sus vidas.

これは彼らの人生に最も大きな影響を与えるでしょう。

Su apartamento actual había sido elegido por Gregor.

彼らの現在のアパートはグレゴールが選んだものだった。

Pero ahora podrían mudarse a algún lugar más asequible.

しかし今、彼らはもっと手頃な場所に移ることができるのです。

Un apartamento más pequeño, pero en un lugar más práctico.

小さめのアパートですが、より実用的な場所です。

Hablar sobre el futuro hizo que Grete se sintiera nuevamente más animada.

将来について話すと、グレーテはまた元気になりました。

El señor y la señora Samsa también notaron otros cambios en ella.

サムサ夫妻は彼女の他の変化にも気づきました。

Sus mejillas se habían vuelto pálidas por todas sus preocupaciones.

心配のせいで彼女の頬は青ざめていた。

Pero ahora su hija se estaba convirtiendo en una bella dama.

しかし今、彼らの娘は立派な女性へと成長していました。

Ahora ella realmente era una joven bien formada y hermosa.

彼女は今や、本当に体格がよく、立派な若い女性でした。

Sus padres guardaron silencio y admiraron a su hija.

両親は静かになり、娘を尊敬した。

Se miraron el uno al otro comunicándose inconscientemente.

彼らは無意識のうちにお互いの顔を見合わせながらコミュニケーションをとった。

"Pronto llegará el momento de encontrar un buen hombre para ella."

「もうすぐ彼女にふさわしい男性を見つける時期が来るでしょう。」

El tranvía había llegado a su destino y redujo la velocidad.

路面電車は目的地に到着し、速度を落とした。

Su hija pareció confirmar sus nuevos sueños.

娘は彼らの新たな夢を認めたようだった。

Ella fue la primera en levantarse y estirar su joven cuerpo.

彼女は真っ先に立ち上がり、若い体を伸ばしました。